誰叫你是
我的貓 上
You are my littl
吾名翼
繪者：ツバサ
U0028510

目錄

第一話　一隻小貓能算什麼「色」？　003
第二話　牠是那麼那麼的可愛！　037
第三話　我對你產生了性慾。　071
第四話　為什麼現在不能操？　097
第五話　他只渴望著你。　119
第六話　幫我生個小貓好嗎？　149
第七話　我就是想抱著你。　179
第八話　你最好快點給我硬起來！　205
尾　聲　我會好好滿足你的。　239
後記　253

第一話　一隻小貓能算什麼「色」？

「恭喜你啊，林醫生！」林修時剛送走最後一名病人，守在門外的護理師就急不可耐地闖入治療室。「我聽說帝國軍醫院終於擦亮眼睛，向你伸出了橄欖枝呀？」

「妳從哪聽到的消息，夏護理師？」林修時莞爾一笑，不答反問。

「從好多地方都聽到了消息哦。」夏護理師笑嘻嘻地走到林修時的身旁，視線隨後落到他放在腳邊的紙箱上。

林修時的一些私人用品都被裝進了紙箱。現在桌上整潔得只剩常用的檔案和簽字筆。

夏護理師進門前的喜悅就轉為了失落。「林醫生，你什麼時候走呀？」

「月底吧。」

「那不就是下星期了嗎！」夏護理師聲音高八度地喊：「這也太快了吧！」

「捨不得我？」

「那當然啦。你走了之後，除了我，每次都來找你疏導的哨兵們肯定會更難過。當地沒有比林醫生更英俊、更優秀的嚮導了！」

林修時輕笑，沒有再接話。

近百年裡，隨著人類基因的不斷進化，一些人獲得了精神力——早年也有人將精神力稱為「異能」，它賦予人們更多的發展可能。

感官和體能大幅提升，具備超強攻擊性精神力的人們成為了「哨兵」。他們幾乎都在帝國有意的培育下，成為了守衛國家的戰士。他們駐紮在國家的每個角落，抵禦藏匿於遠方星辰中的威脅。

感知和大腦功能大幅提升，具備控制型精神力的人們成為了「嚮導」。他們有些成為了輔助型的戰士，靠超強的精神力抵禦敵人，有些則成為了醫生——用精神力治癒因為五感過於發達、極容易患上精神疾病的哨兵。

常人羨慕哨兵和嚮導擁有超高的天賦和能力，渴望能夠脫離平凡，成為他們的一員。

殊不知，被判定擁有哨兵或嚮導基因，並不是成為「上等人」的終點。

哨兵和嚮導根據自身所能操控的精神力，被一套明確的數據，劃分成B、A、S三個等級。

例如帝國軍醫院，這是專門為本國最頂尖的S級哨兵們提供服務的醫院，也是所有嚮導最夢寐以求的工作地點。

能夠在軍醫院工作的嚮導，必須具備兩個條件：

一、從帝國第一軍校以優秀生的成績畢業。

二、嚮導等級必須為S級。

林修時是一名嚮導，但很遺憾，他的精神力等級只有B，是最差的等級。

而且，他沒有精神體。

眾所周知，人類本就是「肉體、靈魂和精神三位一體」的存在。普通人肉體太孱弱，因此靈魂和精神都不發達。

但哨兵和嚮導不一樣。

他們天生就具備強大的精神力，因而能夠培育自身的肉體和靈魂。

哨兵和嚮導通過將自身的一小部分靈魂引導出肉體，融合精神力，塑造出與自己心靈相通，且擁有實體的精神體。

這些精神體形態不一，具備超強的戰鬥力，不僅能作為哨兵嚮導的搭檔，幫助他們一同工作，據說牠們還能提高主人們的「性愛品質」。

這些林修時都沒有體驗過。

他是「精神體殘障」，僅僅只有B級的精神力無法匯出靈魂、構建精神體。所以哪怕他十八歲時考出了第一名的成績，也依然被帝國第一軍校拒之門外。

簡而言之，林修時先天就不具備被帝國軍醫院錄取的條件。

說不生氣，那是絕對不可能的。尤其是在一些同學故意湊到他面前，炫耀自己收到帝國第一軍校錄取通知書後。

林修時氣得在心裡詛咒他們一萬遍，面上依然雲淡風輕，說著：「哦，那你可要加油了——小心畢不了業。」

是的。好面子如林修時，絕不允許自己在任何場合、任何人的面前露出挫敗的樣子！

想著「與其像個小丑般掙扎，不如故作瀟灑不屑」，他將眾人的詫異和嘲笑都拋到腦後，維持著驕傲的姿態進入第二志願大學就讀，並在畢業後，帶著優異的成績進了一所只為會員服務的私立醫院。

想假借看病來看他林修時笑話？

很抱歉。

首先得支付昂貴的入會費，證明自己的財力，才有資格走入林修時的治療室。

當然，這還是林修時就職私立醫院第一年的就診條件。

第二年起，憑藉強大的精神疏導能力，有了穩定合作的患者，林修時就不再接待新入會的病人。

如此又過了好幾年，就在所有人以為林修時已經是人生贏家時，誰都沒料到，二十五歲的林修時收到了帝國軍醫院的邀請。

面對帝國第一醫院的名號，和遠高於市場報價的千萬年薪，林修時毫不猶豫地接下了 offer。

有什麼比身為「精神體殘障的B級嚮導，卻破格進入帝國軍醫院工作」更讓人羨慕和嫉妒？

天知道林修時這些日子花了多大的毅力，才沒有在人前露出傲慢的狂笑。

好在明天他就要交接工作，辦理離職手續了。

希望今晚不會興奮到又失眠。

林修時腦內狂喜，面容卻無比優雅冷靜。「時候不早了，我還有事，先下班，夏護理師。」

「啊！好、好的。明天見，林醫生！」

「明天見。」

對護理師小姐點點頭，林修時起身拿起掛在衣架上的西裝外套。他一邊往治療室外走，一邊轉眸去看不遠處的窗戶。

潔淨的玻璃堪比鏡子，林修時能夠清楚地欣賞到自己的姿態——即使忙碌了一天，淡金色的頭髮仍舊保持清爽與柔順，透著健康的光澤。瀏海下，一雙鳳眼總是微微眯起，保持著若有似無的笑意，彷彿一切都在他的計畫之中，他不會為任何事苦惱。

林修時收緊領帶，套上被熨燙得沒有一絲皺褶的訂製西裝。

很好，今天的我也很完美！

暗暗為自己此時的從容姿態打下一百分，林修時信步走出治療室。

為了給哨兵良好的治療環境，醫院內做了良好的隔音防噪處理。林修時走到大門口時，才發現外面正下著大暴雨，電閃雷鳴得很嚇人。

雨水扭曲了夜晚稀薄的燈光，讓周遭的一切顯得吵鬧又潮溼。

林修時蹙起眉頭，從警衛處借了把長柄傘，試探著朝醫院外邁出步子。

噗啾！

腳踩下臺階，積起的雨水立即濺開，漫過皮鞋鞋跟，濡溼了襪子根部和褲腳。

「……」林修時的面色頓時陰沉了下來。

該死的天氣預報！說好今天也是晴天呢！虧我今天特地穿了超貴的訂製皮鞋和西裝！

林修時在心中罵著，心痛得不行。

冷靜……這個時間點還有其他同事下班！雨中失態太難看了！我得穩住！

感受到面部肌肉隱隱抽搐，就快失控露出不優雅的憤怒表情，林修時一邊連忙壓低傘面，盡可能地擋住面容，一邊轉移思緒——

想點開心的事吧。

下週我就要去帝國軍醫院上班了。

到時我負責的應該都是S級的哨兵了吧？

林修時治療過S級的哨兵，只是次數不是很多。如果每天來問診的哨兵都是S級，他不知道自己的精神力會不會吃不消……

也不知道去了帝國軍醫院後……我會不會見到霍珣呢？

喀答。

「霍珣」兩字剛冒出來，林修時驟然止住了步。

泥水順勢濺落在褲腿上，留下斑駁的痕跡，但是林修時顧不上生氣了。

他想到了某個穿著高中制服的哨兵。

說不清是緣分還是孽緣，林修時和名叫霍珣的哨兵從國小起就是同班同學。

但是他們的家世天差地別。

林修時是個爹不親、娘不愛的離異家庭兒童，而霍珣是出身於哨兵世家的大少爺。

在霍珣的家裡，所有人都是頂級的S哨兵。

霍珣也不例外。

擁有完美家世的他，外貌也優秀得無可挑剔。他總是將自己打扮得一絲不苟，穿著熨燙得宛如訂製西裝的制服。無論周遭發生了什麼與他有關的、無關的，他的黑瞳始終平靜如水，不喜怒於色，單從氣質上就和同齡人截然不同。

此外，他待人友善，無論誰向他尋求幫助，他都會給予回應。

可是林修時確信，霍珣的友善不過是「完美」的面具。

因為他和所有人都保持著一段安全距離。

誰都無法逾越這段距離，真正地靠近他、瞭解他。

偏偏誰都不在意。

也許是他舉手投足間都透出優雅這點實在是太令人嚮往了。彷彿只要在他身邊，就算不能真的被他接受，人們也能從中得到滿足。

有人說，霍珣就像隻高貴的天鵝，而極力昂起腦袋的林修時就像隻野鴨子。

所以當霍珣占據年級第一時，人人都稱讚他聰明、優秀，說他是名副其實的優等生。

所以林修時和霍珣同班多年，他們也從來沒成為朋友。林修時單方面地視霍珣為勁敵。

所以他拚了命地用功，想要從霍珣手裡搶走第一。想看到他總是從容不迫的面容裂開破綻、變得難堪。

最後林修時做到了。

他做了整整十二年的第二名，終於在最後一次升學考核中從霍珣的手裡搶到了第一名。

林修時還來不及回頭去看霍珣當時的表情，緊跟著他就被通知「沒有精神體，筆試成績作廢，取消入學帝國第一軍校的資格。」

於是，霍珣又變成了第一名。

林修時卻連第二名都排不上了。

「夠了，別想了。」林修時蹙眉，不滿的話音從雙唇間溢出。

高中畢業後，兩人便分道揚鑣了。

與其去想一個這輩子可能不會再見到的人，不如想想被雨水浸透，快要報廢的衣服和鞋子。

將剛變得清晰的身影丟回記憶深處，林修時倉皇地抬起頭。

他正想繼續往前走，一束橙黃色的車燈就從身後驀地亮起！隨即，林修時看到了腳下的影子被照得拖長了好幾公尺！

雙瞳放大，心跳隨之漏了一拍。

砰！

撞擊聲緊接著從身後炸裂，林修時聞聲扭頭，他看到了被撞飛的護欄，頂著變形的車蓋朝自己衝來的跑車！

「操操操操——」顧不得什麼優雅、冷靜的形象，林修時放聲咒罵。

他拔腿想要逃跑，然而浸透了雨水的腳就像黏在了地上，紋絲不動。

車燈筆直地刺入眼底，吞噬眼中的一切，下一刻，身軀、意識、長柄傘統統都被這衝來的轎車撞飛，落入泥濘的雨中。

來不及感受疼痛，林修時雙眼一閉，墜入黑暗之中……

……

……

……

……

……唔……

……什麼情況？

……我……

……被車撞了？

……我……還活著嗎？

不知在混沌中沉淪了多久，意識才浮出水面，緩緩地轉動起來。

林修時凝神調動精神力，企圖伸出精神觸鬚去感知自身和外界。只是精神力才剛探出幾公釐，就被無形的力量阻擋住，無法繼續向外伸展。

林修時不清楚目前是什麼情形。他覺得自己像是被困在了一個漆黑的小盒子中。

……我不會變成植物人了吧！

他不安地想道。

還是說……我被燒成了骨灰盒子？

不不不不！如果我變成了骨灰盒子，怎麼可能還會有意識！

有意識就代表我還活著！最不濟，我也應該是變成植物人才對！

唔……

好像也沒好到哪去。

林修時很擔心自己被撞成了爛泥，此時此刻正以一種難堪的姿態躺在滿是雨水的人行道上。

如果有路人經過，拍下我的醜照發到了網上，被討厭我的人看到該怎麼辦？

如果我毀容了該怎麼辦？我的存款夠我活到醒過來，再整回原來的樣子嗎？

萬一整容醫生技術不夠好，沒法讓我恢復原樣怎麼辦？要整成我這麼帥的臉，的確很考驗醫生的技術……

萬一我一直睡到七老八十才醒來又該怎麼辦！

林修時胡思亂想著。

他預見到了自己變成糟老頭子，孤苦伶仃地流浪街頭的悲慘模樣……隨即，林修時覺得自己就算變成骨灰盒子，也沒有那麼難接受。

我不允許自己這麼狼狽地活著！

嗚……不行，我還是不想死。

林修時一秒慫了。

我好不容易才被帝國軍醫院認可，能夠一雪恥辱……為什麼我又在最關鍵的時候淪為了笑話呢？

這是上天對我的懲罰嗎？

因為我不夠真誠？因為我拋棄了原來的工作，拋棄了我的病人？因為身為B級嚮導，還精神體殘障的我……根本不配成為帝國軍醫院的醫生？

……

意識是不會哭的。

好面子的林修時也不會哭。

可是這會兒，林修時卻覺得自己正在流淚。由強烈的不甘心、悲傷和憤怒凝結而成的眼淚，不受控制地汨汨淌下。

撞飛後遲遲沒有感知到痛覺的身軀，這下被強烈的酸澀感包圍，他心臟一下一下地抽痛著。

「原來貓也會哭？」

混亂的思緒中闖入了一個低沉而緩慢的聲音。

……貓？什麼貓？哪裡有貓？

來不及琢磨這個聲音怎麼有點耳熟，他急忙大喊：不要看貓了！看我啊，我比貓好看多了！

「不行，我不收養動物。」

對對！我也覺得沉迷於動物很浪費時間精力，不如順手救助一下倒在街上的倒楣嚮導。等我醒了，會給你巨額感謝金的！

「就算是你求我也不行。牠會堅強地活下去的。」

貓有九條命，我只有一條，堅持不了太久啊！你快注意到我吧！

「……」

喂？你不會走了吧？說話啊……喂！

「不行，回來。」

呼……沒走就好。

「這件事上我不會讓步。」

唔……

「……不行。」

說話的人還在拒絕，不過態度有了明顯的動搖。

「回來，我只數三下。三。」

別數了，朋友！

這兒還有個身高一七八的帥氣小夥子等待被你發現！你快仔細瞧瞧！

「二。」

你、你的眼裡就只能看到貓嗎？

「一。」

啊啊啊啊！好吧好吧好吧好吧！

林修時自暴自棄地閉上眼睛。「……喵……」

微弱的、顫抖的、帶著一絲羞恥的貓叫聲從黑暗中溢出。林修時一愣，沒想到自己居然能發出這麼逼真的貓叫聲。

「喵？」林修時試探著又叫了一聲。

略帶困惑的貓叫聲變得黏膩了，如同撒嬌一般。

羞恥感更強烈了。

在林修時過去的二十五年人生裡，他從沒有發出過如此諂媚的聲音。

然而為了能讓那個聲線低沉又緩慢的男人注意到自己，林修時放棄自尊地繼續學貓叫：「喵、喵……喵！」

在這連續的貓叫聲下，對方竟然無奈地長嘆了口氣：「行了，我可以帶走牠，但你要聽話。」

你怎麼還在看貓啊！是我叫得不好聽，還是不夠逼真？

林修時急得快吐血了。

「喵！喵！」我在這！這兒啊！

懇求化為了貓叫，急促地冒出。

下一刻，林修時發覺自己被什麼寬厚又溫暖的東西托起，隨後面頰貼在了稍顯厚重的布料上。林修時聞到了淡淡的雪松香，融合著一點點菸草味。他還聽到了略顯慌亂的心跳聲，但不是他的。

……我好像被誰抱進了懷裡？

「走吧，我們該回去了。」呼吸隨話語落在林修時的身上，吹動毛髮，帶來古怪的搔癢感。

沒錯，是古怪的……很古怪的感受。

身為成年男人，林修時有一七八公分高，無論如何都不可能只被一雙手托起、抱進懷裡，就彷彿只有巴掌大的小貓似的——

等等……

小貓？

剛才那個男人似乎在對貓說話，而我……發出了貓叫？

難道……

思緒轉動至此，黑暗就似雞蛋殼，被撬開了幾道裂痕。

久違的光芒攜著淅淅瀝瀝的雨聲，透過裂痕照入縫隙中，一寸一寸地驅走黑暗，將現實中的畫面慢慢地呈現在林修時的眼前：他最先看到了一隻小巧的、毛茸茸的貓爪子，上面附著一層黑乎乎的長絨毛。

嗯？

隨著林修時的困惑，貓爪一張一合，伸出爪子，又軟綿綿地拳起——每個動作都是林修時想操控自己的手做出來的。

林修時不敢置信地伸出另一隻貓爪子。兩隻貓爪子貼到了臉上，帶來了毛茸茸、溼漉漉的觸感，還有一絲泥土的臭味。

「喵喵喵喵？」難道從始至終，他話裡提到的貓，都是指我嗎？雙瞳不自覺地瞪圓，林修時不想學貓叫了，可是他依然只能發出喵喵聲。

「怎麼了？」

低沉而緩慢的男聲從頭上方響起。

林修時僵硬地仰起頭，視線掠過撐在頭上方的黑色雨傘，最後落到一張臉上。

深灰頭髮的男人有著一張極其英俊深邃的臉龐，任誰只要看過一眼，哪怕相隔數年，也絕對忘不了。

四目相交，面對那雙黑瞳中少見的擔憂，林修時一怔，腦內的轟炸驟然停止，一切變回悄無聲息的樣子。

他看到了倒映在對方黑瞳中的身影——那是一隻渾身都被雨水打溼的淡金色小貓，帶著黑色的斑紋。瞪圓的琥珀色眼睛寫滿了震驚，與林修時此刻的心境如出一轍。

「冷嗎？」男人蹙眉，遲疑了片刻後，他收攏手臂，將林修時更緊密地攏入風衣之中。

林修時發覺對方繃緊了肌肉。

他語氣略有生硬地說：「一會兒就到家了。」

對方的懷抱可以用溫暖來形容，林修時卻猛地打了個哆嗦。

「喵？」霍珣？

他怎麼會在這裡？

這裡……又是哪裡？

他為什麼會抱著我？

我又為什麼會變成貓？

問題如系統報錯，一個接一個地彈出，林修時驚愕地炸開了毛。下一秒，他又努力地按捺住了驚恐。

霍珣不是會多管閒事的人，更不喜歡和誰貼近。不然此時抱著林修時的手臂就不會如此僵硬，一動不動的，像個金屬架子。

林修時擔心自己的反應太過激烈，會讓霍珣覺得他是一隻性格很糟糕的貓，進而丟下他。

那麼到時，自己的狀況只會變得更糟！

他得先抱緊霍珣的大腿！有了容身之處，才能從長計議！

迅速做出決定後，林修時蜷縮進霍珣的懷中，用貓爪子勾住他的衣袖，以防他甩掉自己，然後小心翼翼地探出腦袋，打量起四周。

林修時發生車禍是在晚上八點後。現在固然還在下雨，天色灰濛濛的，但已經是白天。

整條人行道上靜悄悄的，只有撐著傘的霍珣和變成了小貓的林修時。

奇怪。霍珣剛剛明顯是在和誰在較勁，拒絕帶走小貓……那個人去哪了？

莫非霍珣是在跟某人視訊通話？

林修時猜測著。

視線掃過路口的站牌，他一眼就認出了這兒是自己大學以前居住的地方。

後來林修時升學考出了意外，不想聽到周遭鄰里拿自己當茶餘飯後的笑話，就利用暑假，悄悄地搬走了。

往後的大學四年、工作三年，林修時都沒有再回來。

這裡距離林修時發生車禍的地方至少有兩個小時的路程，他不明白自己怎麼會出現在這兒。

難道……真正的我已經被撞死了？恰好這隻小貓也在暴雨天不幸夭折，於是我的靈魂趁機霸占了牠的身體？

林修時想起了偶然看過的魂穿小說，倒很符合當前的狀況。

活著固然是一件好事，但是如果今後只能作為一隻貓活著……林修時趕緊低頭瞧了眼下身，好的，是作為一隻隨時都可能被割去蛋蛋的公貓活著，林修時的心情不由得又盪到了谷底，貓耳朵跟著垂了下去。

要堅強，林修時。如今只是不幸的事又多了一件而已。

我可是林修時。是身為B級，且精神體殘廢也能治療S級哨兵、得到帝國軍醫院認可的天才嚮導！

我不過是變成貓！這沒有什麼大不了的！況且我還第一時間被霍珣撿到了，沒有流浪街頭。

只要我和以前一樣努力活著，不幸總會被逆轉成好運。

林修時抿著嘴，習慣性地自我安慰著。

只是我沒有朋友，和家人也不親……不知道我的屍體有沒有人去認領？是不是已經被火化了？

如果之後能碰到電腦，想辦法查一下肉身的情況吧……

林修時暗暗地盤算著。

霍珣看不透林修時忽上忽下的心情。見他不再喵喵鬧騰，乖乖地窩在懷裡，就撐著傘繼續往前走。

說不清是在照顧懷中的小貓，還是他不想被雨水淋溼衣服，這一路霍珣走得很緩慢，很平穩，就像是個被安排了步速的機器人。

不知走了多久，他帶著林修時進入當地的一處別墅區。

霍珣從小就住在這兒。

林修時記得這裡的房子都是天價，他在私立醫院奮鬥一輩子可能都買不起這裡的一套房。

可惜林修時和霍珣同班多年卻沒有交情，他從沒去過霍珣的家，只是曾經上補習班時路過。那時的他不只一次在心裡酸溜溜地想著「等我考上帝國第一軍校，成為帝國軍醫院的嚮導，分分鐘就能搬進來住」。

萬萬沒想到，林修時最後真的搬進來了。

不過是作為一隻流浪貓，被霍珣帶回了家。

不知道霍珣的家人見到他會作何感想？

……家人中會有霍珣的戀人嗎？

不對，我記得他是S級的哨兵，從帝國第一軍校畢業後，肯定會被指派重要的工作，忙得沒空交女友才對。

越靠近霍珣的家，林修時就越控制不住地胡思亂想。

注意到懷裡的小貓警惕地豎起耳朵，一雙大眼直勾勾地盯著大門，以為牠是在懼怕陌生人，霍珣低聲安撫道：「家裡沒人。」

「喵？」是外出了嗎？

「我前天才搬過來。」霍珣握住大門門把。

門鎖識別到大拇指的指紋，只聽「滴」的一聲，大門應聲打開。

正如霍珣所說，他的家裡沒有人。

空蕩蕩的別墅內一點兒人味都沒有。

最先映入眼簾的玄關處堆著好幾個行李箱，上面還貼著托運標籤沒有撕去。視線越過玄關、進入客廳，屋內窗戶都打開了，只是陰雨天光線實在是太差了，內裡依然冷清昏暗。

一些家具上套著防塵布，告知來者，它們已經很久沒有被使用過了。

換上拖鞋，霍珣逕直走到沙發前，掀去防塵布，將林修時放到靠枕上。「上星期請人來打掃過了，應該不會很髒。你乖乖躺一會兒。」

「喵！」你放心吧，我不會抓壞沙發的！

林修時趴在靠枕上，偷瞄著欣賞霍珣脫衣。

七年不見，霍珣已經完全褪去青澀，變成了讓人更加羨慕的成熟體格。林修時目測他至少有一百九，肩寬腰瘦腿長。

霍珣套著風衣時，林修時只覺得他身材挺拔，待他脫了外套，露出貼身訂製的三件套西裝後，林修時才確定，霍珣一定沒少練肌肉。

但凡身材有一處不完美，西裝就無法穿得如此筆挺。

畢竟為了穿出這樣的效果，林修時下班後可沒少健身。奈何他是嚮導，基因優勢在大腦，而非體格。他再怎麼練肌肉，都不可能像霍珣那麼完美。

審視霍珣的目光不自覺地嫉妒了起來。

「嗯？」霍珣停下解西裝扣子的手，銳利的目光如離弦的箭，「咻」地扎向林修時。

「喵、喵！」幹、幹什麼！你在我面前脫衣服，還不准我看了嗎！

林修時心虛地移開視線，心臟被霍珣的目光刺得怦怦狂跳，貓爪墊子浮出一層薄薄的冷汗。

這就是S級哨兵的威懾力嗎……

不，霍珣遠比林修時見過的S級哨兵要更具威懾力。

林修時噈了口唾沫，又偷瞄起霍珣。

沒有興致在貓面前表演脫衣秀，霍珣放下解西裝扣子的手，轉身往房間走。

林修時想跟上去，只是他才支起身體，手腳就不靈活地絆倒了自己——身為雙腿直立的人類，他實在不懂該如何運用四腳前行……

一會兒霍珣看到我連路都不會走，會不會以為我是殘障貓貓？

林修時苦惱地盯著四肢，全然沒有察覺到有條深灰色的生物滑著S線，悄無聲息地游到了沙發上。

「嘶嘶……」

捕捉到古怪的聲響，貓耳朵不禁抖了抖。

是哪裡漏氣了嗎？

林修時循聲歪頭，深灰色的蛇身順勢闖入進他的視野！

「喵——」操！是黑曼巴蛇！

林修時猛跳起來，又狼狽地摔回到靠墊上。

不給林修時逃跑的機會，被稱為「世界上最致命蛇類」的黑曼巴扭動身軀，先是捲住林修時的左腳，然後沿著小貓嬌小的身軀，一圈圈向上游走，輕而易舉地就將林修時捆住！

「嘶嘶。」

棺材形的蛇頭直逼林修時的臉頰，蛇身微涼的觸感鑽過絨毛、直達大腦，林修時全身的汗毛都豎了起來。

不對不對不對——黑曼巴蛇主要棲息在人煙稀少的熱帶，這兒的氣候不符合牠的生存條件。

得力於常識還算不少，林修時迅速捕捉到了一絲違和。

藉著這份理智，林修時定睛觀察眼前的黑曼巴蛇，這才注意到，糾纏住他的蛇身看上去有些透明，只是因為屋內光線太暗了，導致乍一眼看上去，牠透明得不是很明顯。

「喵？」你是精神體？

林修時沒有精神體，但是身為醫生，這些年他見過很多人的精神體。尤其是哨兵的。

身為戰士，他們的精神體大多是具備攻擊性的豹子、老虎之類的猛獸，林修時很少見到蛇類。

「回來，蘭克斯。」霍珣的聲音從不遠處響起。

纏著林修時的黑曼巴蛇不僅沒搭理霍珣，還用牠那嚇人的腦袋蹭了蹭林修時的臉。

林修時忍不住又打了個哆嗦。

「再不回來，我現在就把牠丟出去。」

「嘶！」這下黑曼巴蛇沒法裝作聽不見了。

牠昂起頭，亮出尖銳的毒牙和漆黑的口腔，抗議地對霍珣吐出蛇芯子。

這般攻擊姿態落到霍珣眼裡，卻沒有任何威脅力。

霍珣自顧自地倒數：「三。」

「二。」

「嘶……」不等霍珣數到一，黑曼巴蛇低下了頭。

黑豆豆大的蛇眼戀戀不捨地看了林修時一眼，然後消散在了空氣中。

拘束著林修時的力量消失，他跌回到坐墊上。霍珣三步併作兩步走到沙發邊，扶住險些摔下來的林修時。「嚇到了嗎？」

「喵！」完全沒有！我是隻勇敢的貓，請不要棄養我！

林修時用兩隻貓前爪抱住霍珣扶住他的手。

應該是急著出來，霍珣的衣服只脫了一半，這會兒他的白襯衫敞開著，露出了結實的腹肌，下蹲的姿勢令褲襠微微鼓起……

啊……該死。好羨慕。

想到自己如今擁有的小蛋蛋，林修時心酸不已，乾脆將毛茸茸的臉埋進對方的掌心。

末了，覺得不夠，林修時又舒展開尾巴，勾住霍珣的手腕。

真是自尊和面子都不要了。

這般討好的模樣落到霍珣眼裡，黑瞳中的冷漠隨之融化了幾分。霍珣克制住想要抽離手的衝動，任由林修時的腦袋在他的手心來回蹭。

可憐巴巴的小貓。

這是霍珣對牠的第一印象。

霍珣平日裡對動物沒有任何興趣，連照顧自己的精神體都感到麻煩。可是在見到這隻倒在馬路上、渾身溼透的小貓後，霍珣破天荒地駐足了。

【快快快帶牠回家！牠就是我一直以來尋找的小貓咪！我要死了，我的心跳快到要爆炸了……】他聽到了精神體蘭克斯在腦內歡喜叫嚷的聲音。

如果不是霍珣及時按住牠，蘭克斯定會衝出來，捲住那隻小貓，帶回自己的巢穴。

這隻貓實在是太奇怪了。

這是霍珣對牠的第二印象。

霍珣的精神體和他一樣，都十分討厭別人靠近自己，更不要說主動靠近他人了。尤其是浸透了雨水，倒在路邊的小髒野貓。

偏偏他的精神體蘭克斯卻想要靠近小貓。不是出於對玩具的興趣，而是想要交配的性趣。

沒錯，他的精神體居然想要侵犯這隻貓，用精液灌滿牠的肚子，讓牠染上自己的氣味，成為自己的伴侶。

蘭克斯是霍珣分割出去的靈魂，他們思想共通，哪怕屏蔽掉蘭克斯的淫言穢語，他也能清晰地感受到精神體此刻的性慾有多強烈。

強烈到霍珣都好奇地打量起這隻小貓。

牠究竟特別在哪？

隨後，他發現小貓在哭。

蘭克斯叫嚷得更大聲了。為了出來，牠居然對霍珣釋放出敵意，試圖以下犯上攻擊他的靈魂。

這是從未有過的事。

霍珣出聲警告了黑曼巴蛇。

不過牠沒有膽怯或屈服。如同所有發情的野獸那般，牠只想攻擊所有阻止自己靠近伴侶的人——即便這個人是牠的主人霍珣。

非特殊處境，哨兵是不會和自己的精神體為敵的，這等於搬起石頭砸自己的腳。

倘若蘭克斯只是想要那隻小貓，霍珣可以滿足牠。反正他不覺得蘭克斯對小貓的「性趣」會一直持續下去，到時他再請人幫貓重新找個主人就好了。

在出手抱起小貓之前，霍珣是這麼想的。

然而忍耐住潔癖將小貓抱起來，感受到牠略高於人類的體溫後——

心跳速率異常飆升，霍珣下意識地僵直了身體，免得露出無措的表情。

難道我對貓也感興趣嗎？

霍珣詫異地想道。

縱使是被派上戰場，面對未知星際中的敵人，霍珣都能保持冷靜，清晰地分析自己應該做些什麼。

可是當他將小貓揣入雙手後，他竟然亂了方寸，甚至擔心牠冷，敞開了風衣，將牠貼在了脆弱的心口，絲毫沒有再想過髒不髒的問題。

是蘭克斯的心情感染了我嗎？

還是我的病症變異了？

霍珣毫無頭緒。

等他回過神時，他已經站在了家門口，甚至主動解釋搬家的事，安慰面露不安的小貓。

這完全不符合他的行事準則。

我變得有點奇怪。

察覺到小貓在偷看自己換衣服，霍珣頭也不回地走進了浴室。他不想讓自己變得更奇怪，和小貓保持距離，是他眼下唯一能想到的法子。

只不過，蘭克斯居然趁他不注意跑了出來，「抱住」了小貓。

牠以為自己是在和小貓親熱，小貓卻嚇得炸開了毛，可愛的眼睛瞪成了鈴鐺，身體在黑曼巴蛇的糾纏中一動也不敢動。

警告不經大腦地脫口而出，霍珣利用威懾力逼退了蘭克斯。

他在小貓面前來了一齣「英雄救美」，並收穫了小貓親暱的示好——明明小貓是蘭克斯想要的伴侶，而他只是勉為其難地收養了牠。

我很奇怪，不只是「有點」。

感受著精神體在腦內憤怒的抗議，霍珣糾正了不久前的想法。

為了不讓自己變得更奇怪，霍珣看著蹭他手的小貓，說：「那條蛇是我的精神體，牠叫蘭克斯，牠不會傷害你，牠只是……」

「想操你」三個字在嘴邊轉了一圈，霍珣改用和諧一點的措辭說：「牠只是想和你做朋友。」

呵呵，我要真是隻貓，就信你的鬼了。

林修時是嚮導，也是醫生，專治哨兵，這些年他可沒少學關於精神體的醫學知識。他很清楚，只擁有小部分靈魂的精神體都是思維簡單的原始動物，他們看待生物只有兩種認知：一，需要擊敗的敵人。二，想要按在身下操弄的伴侶。

如果霍珣的精神體不是想吃掉牠，那牠就是想「吃掉」牠。

無論如何解讀，結果都糟糕透頂。

林修時總算搞明白剛見面時霍珣在和誰說話了——肯定就是他的精神體吧。他的精神體想要霍珣帶他回家。

想不到看上去人模人樣的霍珣，他的精神體居然那麼重口味……

林修時曾在八卦雜誌上見到過一則新聞，有隻獅子形態的精神體對同類毫無性慾，反而愛上了一隻普通的金毛狗，並纏著牠的主人把金毛狗帶回了家。

同住一屋，獅子精神體靠著強大的實力，輕而易舉地就操趴了金毛狗。最終，金毛狗受不住精神體旺盛的性慾，一命嗚呼。

林修時不覺得自己的命會比大型犬硬。

「嘶嘶！」沙發下，霍珣說完後，蘭克斯又顯現了出來。

這次蘭克斯沒有再急不可耐地和林修時「貼貼」。牠安安靜靜地待在霍珣腳邊，睜著圓溜溜的黑豆眼睛看沙發上的林修時。

牠乖巧得就像隻無害友善的哈巴狗。

呵，我要真是隻貓，也不會信一條蛇，還是全世界最毒的眼鏡蛇。要是不小心被他咬上一口，我就徹底死翹翹了！

「喵！」林修時假裝害怕的樣子使勁搖頭，不給霍珣拒絕的時間，他把臉又埋進對方的掌心，心機地喵喵直叫。

誰能抵抗一隻撒嬌的貓？

尤其是一隻充滿心機，為了活命連臉都不要的貓！

林修時這時確信了，霍珣的距離感是只是給人類的。

他對可愛小貓貓毫無距離感！

放縱了小貓貓黏住自己，霍珣對蘭克斯聳聳肩，用眼神告訴牠：我解釋了。很遺憾，牠還是害怕你。

蘭克斯氣得原地狂轉。牠既不敢張牙，也不敢發聲，就怕嚇到林修時，讓牠更討厭自己。

最後，氣急敗壞的蘭克斯退回到了霍珣的精神領域中，在只有他們兩個的空間裡，嘶嘶地指責霍珣見色忘義。

呵……

一隻小貓能算什麼「色」？

維持著被小貓抱住手的姿勢，霍珣在腦中回應著蘭克斯，絲毫沒有察覺到自己揚起了脣角。

第二話

牠是那麼那麼的可愛！

林修時沒有養過貓，不知道一隻普通的小貓日常都需要些什麼。

他猜想霍珣肯定也沒有照顧動物的經驗。以霍珣外冷內也冷的性格，應該會散養他。林修時做好了等霍珣吃飯時順便吃一口的準備。

但顯然他低估了自己取悅霍珣的程度。

黑曼巴蛇離開後，林修時看到霍珣擺弄了一會兒手機。不過十來分鐘，霍珣才換好居家服，配送員就身披雨衣，送來了一大箱貓咪禮盒。

林修時蹲在霍珣身旁，看著他從防水快遞箱裡拿出一袋袋不同的貓咪用品，陡然間有了一個很不好的預感。

「這是店家推薦的貓糧，據說再挑食的貓都愛吃。」霍珣比對著購物清單上的品牌名稱，對林修時介紹。「還有你的罐頭、零食、磨牙棒、貓草膏……」

「喵……」店家肯定騙你了！這些東西看上去就不好吃，我要和你一起吃飯！

林修時嫌棄地推開面前的貓罐頭。

「你要吃這個嗎？」可惜他和霍珣沒有任何默契可言。

將林修時推開的姿勢視作是想要，霍珣打開罐頭，一股腦地全倒進碗裡。倒完覺得不夠，他又開了一個羊奶罐頭，裝在另一個碗裡。

這下，肉和水都全了。

要是一般的流浪小貓咪，看到這些肯定高興到發瘋。

但林修時實在對貓糧提不起胃口。

「還不餓嗎？」霍珣低喃，轉而從快遞箱裡掏出一根逗貓棒，搖了搖。「這是貓玩具。」

毛絨小老鼠掛在逗貓棒上，在林修時面前晃動，林修時覺得自己的尊嚴受到了侮辱。

於是他義憤填膺地伸出爪子——

「喵！」滾開！

貓爪墊子觸碰到小老鼠，憤怒在剎那間變了味，林修時發現他的爪子忽然不受控制了，情不自禁地追逐起搖晃的小老鼠！

「喵喵喵！」快把這個鬼東西拿開！

林修時背過身，尾巴煩躁地狂拍地板。

「不想玩嗎？」霍珣收起逗貓棒，翻出箱子裡最後兩個大傢伙。「這是貓砂和貓砂盆。」

「喵？」貓砂？泡澡用的嗎？

林修時歪頭，尋思著這貓砂盆很像個簡易的浴缸，而且還有蓋子，林修時抬起貓爪子，推推貓砂盆蓋上的門簾。

嗯，隱蔽性也很好。就是塑膠做的貓砂盆，看上去不太耐用，也不能盛熱水啊。

林修時懷念起家中專門用來泡中藥浴的浴桶。

「流浪貓……應該沒學過怎麼用貓砂吧。」見林修時對著貓砂盆又看又摸，一副不理解的模樣，霍珣小聲嘀咕。

霍珣站起來，一手抱著林修時，一手搬著貓砂盆來到陽臺。

他卸掉貓砂盆的蓋子，將一袋貓砂全倒了進去，然後把林修時放到貓砂上。「以後，要在這裡上廁所。」

「……喵？」上廁所？等等？這不是浴盆而是屎盆？

貓砂刺鼻的香精味沖得林修時頭痛，他頓時感覺不好了。

「喵喵喵！喵！」我拒絕用貓砂盆拉屎！我可以坐馬桶！

「你必須要習慣。」霍珣沉聲，寬厚的手掌落在林修時的尾椎，輕拍了下。

呃！

奇妙的觸感直擊頭頂，帶來詭異的酥麻感，林修時一驚，屁股不受控制地撅起，將尾椎往霍珣的掌心蹭。

想要霍珣再拍拍我的屁股……

嗯？我、我、我我我在想什麼！

「以後在這裡上廁所。」霍珣配合的托住林修時屁股，另一隻手指指他的前爪子。「結束後，要用爪子刨砂埋起來。」

「喵！」我不要！

作為人類僅存的尊嚴被點燃，隨熱血直往頭頂上沖。

林修時掙扎著從貓砂盆裡翻了出來。不得不說，人在逆境下，學習能力總能大幅提升——林修時在地上胡亂撲騰了幾下，竟然支起了四肢！他連忙邁開小腿，踉踉蹌蹌地往屋裡跑。

廁所在哪裡？廁所！我需要廁所！

林修時左右張望著。

好在霍珣家的布局很清晰，繞過走廊，林修時就看到了廁所。

他衝進廁所，熟練地跳上馬桶，扒著馬桶圈趴下。

「喵！喵喵！」快看！我會坐馬桶！

「……」

「喵！」我還會沖馬桶！

假裝自己上完廁所，林修時跳起來想要沖馬桶，結果霍珣家的馬桶過於高級，他剛離開馬桶圈，它就自動完成了沖水任務。

不過這不妨礙林修時展現出自己的優秀。

他抬頭再看站在廁所門口的霍珣。果不其然，林修時從對方的臉上看到了驚訝。「你是家養的貓？」

「喵喵！」說出來怕嚇死你，我以前是人呢！

林修時叫得得意，他覺得這世界上絕對沒有比他更優秀的貓了。

可是霍珣卻沉下了臉，林修時感到了哨兵特有的威壓在狹窄的廁所蕩開。

「喵？」你怎麼生氣了？

林修時滿臉無措，不知道自己是哪裡做錯了。

難道霍珣只喜歡用貓砂盆上廁所，還要他配合鏟屎的貓嗎？

我做不到啊！

林修時跳下馬桶，邁著不流暢的步伐走到霍珣跟前，用腦袋討好地蹭了蹭他的褲腳。

「喵喵。」你可是S級哨兵，不要爭做鏟屎官啦。

「閉嘴。」

「！」林修時立馬禁聲。

他後退一步，和霍珣保持一段安全距離。

寂靜在一人一貓之間持續了幾秒，就在林修時想像出自己被掃地出門，淪落到翻垃圾桶的畫面時，霍珣嘆息著打破寂靜：「抱歉，剛剛我不是在和你說話。」

「喵？」

「我的精神體，就是那條蛇，牠……算了，說了你也聽不懂。」霍珣生硬地轉移了話題。他指指馬桶，又指指林修時，說：「這個廁所今後就給你用。」

說完，霍珣轉身就往外走，周身仍聚集著冷冽的威壓。

……怎麼突然又和我保持距離了？你不是喜歡小貓貓嗎？

林修時搞不懂霍珣在生什麼氣。

只有霍珣知曉自己生氣的理由。

在他意識到會用智慧型馬桶的貓肯定是家養的後，蘭克斯立馬在他腦內抗議起來，嚷嚷著不准把貓送回家，不能讓牠的主人找過來。那是牠的伴侶，必須要和牠永遠在一起。

霍珣受過的嚴格軍事教育裡有一條嚴厲規定，拾到有主之物必須物歸原主。

他不僅要送貓回家，甚至還應該主動幫牠去尋找家人。

但是聽著蘭克斯的喋喋不休，一瞬間霍珣卻產生了一絲微妙的認同感。

他不想送走小貓，哪怕他們只相處了很短的時間，哪怕牠另有主人。牠已經被他和蘭克斯帶回家了，那就是屬於他們的貓。

【你也喜歡牠。】

霍珣能洞察到蘭克斯的心思，蘭克斯亦如此。牠總算收斂起了對霍珣的不滿，用愉悅的語氣稱述。

【我感受到了，從你抱起牠的那刻，你的心就跳得很不正常。你在討好牠。你也想讓牠做你的小貓咪嗎？】

荒謬！

【你不讓我出來，是想獨占牠嗎？】

蘭克斯的話越發離譜，霍珣冷聲讓牠閉嘴，也讓自己這危險的想法快閉嘴。

他需要在思想徹底失控前，冷靜地理清楚自己究竟是受到了蘭克斯的影響，還是心底藏著什麼過去二十五年都沒發覺的興趣，忽然覺醒了？

林修時跟在霍珣身後走走摔摔了一路，最後被擋在了大門口。

霍珣居然丟下他，披上風衣就出門了！

不爽地甩甩尾巴，林修時跑到客廳窗邊，攀著矮桌櫃子，爬上窗沿。

「喵！喵！」喂！你去哪！

林修時對著霍珣的背影大喊。

別墅區很冷清，貓叫聲清晰無比，霍珣尚未走遠，絕對不可能聽不到。但是他不為所動，頭也不回地繼續往外走。

很快，霍珣就消失在了林修時的視野中。

蹲在空蕩蕩的家裡，一時間，林修時不知道是該吐槽霍珣出門不關窗，他要是真貓肯定就跑了，還是吐槽霍珣更年期到了，變得那麼喜怒無常。

「喵！喵喵喵！」懶得管你！反正你讓我進來了，就別想讓我出去！

林修時不爽地喵喵直叫。

正準備離開，林修時的餘光瞥見了玻璃窗上的自己——雖然通過貓爪、尾巴、絨毛，和霍珣眼中的倒影，他早就確定了自己變成了一隻貓，但如此清晰地看到自己的模樣，這還是第一次。

映在玻璃窗上的貓只比巴掌大一些，通體淡金色的毛上點綴著黑色的斑紋。乍一眼看去就像隻虎斑貓，但比一般的虎斑貓要小一些。

是黑足貓。林修時認出了自己的品種。

哨兵和嚮導的精神體普遍都是動物的形態，成為醫生後，林修時一直積極研究精神體相關的內容，其中就包括熟讀動物知識，避免有患者來找自己時，自己卻認不出對方的精神體——那可就太丟人了。

在他林修時的字典裡，絕不允許有「丟人」二字存在！

好吧，眼前這種意外狀況除外。

林修時跳下窗臺，小跑著回到廁所。

洗手臺上有面被擦得發亮的鏡子。透過鏡子，林修時更加確定自己的品種。

沒錯，是黑足貓。貓科動物裡體型最小，攻擊力卻一點都不小的品種。因為物種稀有，且十分具有攻擊性，很早以前就被帝國列入禁止飼養的名單之中。

林修時對著鏡子，左右細瞧。他的體型放在其他貓中可能還是幼年，但在黑足貓中，顯然已經是一隻成年貓了。

一隻成年的、稀有的黑足貓流浪街頭，甚至不幸餓死，被我靈魂附身……

林修時隱約感到了一絲微妙。

除了品種稀有，不像街上常見的流浪貓之外，林修時還注意到，小貓其實並不髒，除了毛髮被雨水打溼過而有些凌亂外，牠的毛色、質地，簡直和林修時常年保養的頭髮如出一轍。

而牠的體態更是可以用健康來形容，四肢肌肉結實，臉盤比一般家養的貓看上去要更圓潤可愛。

說明他的這具貓身可能才剛流浪，就被霍珣撿回家了。

難道這隻貓真的是家養貓，因為意外才流落街頭？

那牠原來的主人會是誰？

林修時不懂該如何與霍珣相處。

可是如果非要他捨棄自尊去做一隻需要依附於誰才能生存的貓，他思來想去，也只允許自己做霍珣的貓。

若是要他對著其他人搖尾巴示好……利爪「蹭」地彈出肉墊，在洗手臺表面刮出四道抓痕。

哼！這種事絕對不可能發生！

林修時晃了晃尾巴，轉身觀察起霍珣的家。

這是棟三層樓的小洋房，一樓是客廳、廚房、公用廁所（現林修時專用廁所）和健身房。

家具和健身器材基本都套著防塵布，霍珣只解放了一張沙發給林修時睡覺。縱然林修時對健身房裡的器材羨慕不已，他也不可能拿起來用。

貓貓舉啞鈴？

這畫面也太搞笑離譜了。

林修時繞到廚房。這裡簡直是全家最冷清的地方。

縱然烹飪用具應有盡有，而且全是林修時知曉的大牌子，但料理臺上什麼食材和調味料都沒有。廚房整潔得彷彿裝潢完後就沒用來做過飯。

林修時使出吃奶的勁和聰明才智打開了冰箱，冷氣撲面而來，裡面卻只有幾瓶礦泉水，冷淡得彷彿霍珣光吸收日月精華就能填飽肚子。

「喵……」有空買些沒用的貓糧，怎麼不順帶買點人能吃的東西！

林修時腹誹著，煩躁牽引著尾巴不停搖晃。

就算他有法子用貓爪做飯，也沒法解決食材的問題。

林修時依依不捨地離開廚房，扭頭往二樓的方向走。

充分考慮了人體工學，讓人類可以很輕鬆上樓的樓梯設計，對一隻腿短，且剛學會以四腳行走的貓來說，實在太費勁了！

林修時費了九牛二虎之力，整隻貓都累趴成了爛泥，喘得靈魂快出竅，才爬上二樓。

可惜，二樓的房間全上鎖了。只留給林修時一條長廊，來欣賞倒映在走廊上的、落魄可憐的影子。

偷溜進房間裡尋找電腦的計畫泡湯了。

仰頭再看通往三樓的樓梯……咕嚕嚕。

肚子很是時候地叫了起來。

飢餓和疲憊籠罩住小貓貓，林修時頓時喪失了繼續探索的興趣。

我以後就主要在一樓活動吧。

林修時退回到一樓，來到霍珣離開前給他準備的食物前。

林修時是離異家庭的孩子，從他上高中後，已重組家庭的父母除了留給他每月的生活費和住所之外，基本就不再管他。清楚自己爹不親、娘不愛，林修時就更不會虧待自己。

他學會了做飯，每天好吃、好喝，營養均衡，這十多年來，尤其是成為醫生後，他更加注意養身，基本不碰速食、罐頭食品——

更不要說寵物食糧！

咕嚕嚕……

小腹持續傳來飢餓感，空氣中罐頭的肉腥味隨之變得強烈。

「……」貓貓眉頭皺起，尾巴搖出了殘影。

往好處想……如果沒有遇到霍珣，我這會兒就得流浪街頭了。街上別說貓罐頭，能吃的食物估計都是餿的。

林修時習慣性地自我安慰。

他只是稍稍試想了想溼垃圾桶內的景象……面前的貓罐頭沒有這麼難接受了。

林修時硬著頭皮撥弄起罐頭外殼。如果霍珣這會兒回來，就能看到小貓貓查看罐頭配方成分表的奇景。

這可比貓會上廁所更離奇了。

「喵、喵、喵……喵。」雞、蝦、蟹、稻米和一些維生素、牛磺酸等營養藥劑……

林修時試探地探出舌尖，舔了舔食盆。

沒有嘗到什麼奇怪的味道，或者說罐頭沒有味道。

林修時小心謹慎地吃上一口，嚼了嚼。

「……」是雞肉的口感。

腦內不斷自我催眠，這就是水煮亂燉、這就是蛋白質減肥餐，林修時閉上眼睛，就著飢餓又吃上一口。

另一邊，霍珣離開家後，去了一趟家附近的寵物店。

工作日的下午，店裡沒有客人，僅有的店員正在玻璃洗浴房裡幫一隻長毛貓洗澡。

住在籠子裡，正在午睡的小貓們聽到有人進店，全都警覺地抖了抖耳朵。

一隻性格調皮的白貓趴到籠子上，對著霍珣喵喵叫起來。

……很臭。

這是他對那隻小貓和環境的唯一感想。

霍珣下意識地後退了半步，威壓隨胸口蕩開的不悅再一次散出。頃刻間，所有打量霍珣的貓全都瑟瑟發抖起來，包括那隻主動對他喵喵叫的白貓。

就連洗浴房裡的店員也察覺到了不對勁，放下吹風機，他匆忙回頭看向玻璃牆外的店裡。

「……奇怪。」店裡空無一人。

霍珣神色匆匆地走出寵物店，匆忙得甚至忘了出門前要先打開傘。淅淅瀝瀝的雨落在身上，帶來令心情更加不悅的黏膩感。

【我不理解你的行為。承認你和我一樣喜歡牠很難嗎？】蘭克斯的語氣恢復霍珣熟悉的冷靜，雖然話的內容依然不夠冷靜。【為什麼要自尋麻煩？】

【對哨兵而言，武斷地下結論是致命的。】霍珣不緊不慢地撐開長柄傘，往家的方向慢走。

【但對求偶來說，猶豫就會敗北。牠是那麼那麼的可愛！牠的主人一定會來找牠的。如果那時候牠不能成為我的伴侶……】蘭克斯沒有繼續往下說，只是發出了嘶嘶的威脅聲。

牠只有在對敵人懷有殺意時，才會發出這種聲音。

霍珣沒有糾正牠，只是面色不改地出聲說道：「只有廢物才去思考萬一。」

S級哨兵和精神體的世界裡從不存在「萬一」。

他們有強大的實力能獲得到自己想要的東西，所以才會誕生出各種規則條例來限制他們。

霍珣恪守著規則，因為這曾是他的本心。

是他想要這麼做，而不是被誰命令。

因此，他若改變本心，誰也阻止不了他。

經過這短暫的寵物店觀察，霍珣基本確定，他不喜歡貓，他的精神體蘭克斯也不喜歡。

他們並不是因為有潛在的貓控屬性，才對那隻小貓產生興趣。而是因為遇到了牠，才產生了對牠的興趣。

只是因為牠啊……但為什麼是牠呢？

困惑得不到答案，唯有想快點回家去見小貓的心隨之變得清晰。

牠有好好吃飯喝水嗎？

有適應家中的環境嗎？

有回到沙發上睡覺嗎？

會生我的氣嗎？

想到自己匆匆離開時小貓趴在窗口對自己大叫的聲音，霍珣不由自主地加快了步伐。

「喵。」還以為你不會回來了。

聽到開門的聲音，趴在沙發上的林修時抬眼瞥了眼霍珣，懶洋洋地打了個哈欠。

吃過貓糧後的林修時只覺得生無可戀，他實在提不起勁來討好霍珣了。

「不舒服嗎？」瞥了眼吃空的貓碗，霍珣顧不得脫掉有些被水氣濡溼的風衣外套，在沙發邊蹲下。「還是睏了？」

「喵……」我說了你又聽不懂。

林修時蜷縮起身體，覺得自己可憐弱小又無助。

「冷嗎？」果真聽不懂林修時在沮喪什麼，霍珣環顧了一圈四周，隨後抱起林修時，揣進溫暖的懷裡。「抱歉，我不應該讓你睡客廳。」

「喵喵喵！」更年期的男人，出去走了一圈，又發現本貓貓的可愛了嗎？

「以後你跟我睡吧。」

「喵？」啥？

霍珣沒再解釋，他抱著傻眼的林修時來到二樓，逕直走到走廊盡頭的房門口。

門裡面是一間套房，乍一眼望去，臥室的面積絲毫不比客廳小。

臥室的裝潢風格非常的冷淡，主要使用了黑白灰三色。屋內家具沒有用防塵布罩著，林修時看到了擺放在床頭櫃上的電子鬧鐘，顯示時間是週五下午三點。林修時記得自己大約是週日晚上八點下班後出的車禍……

除了鬧鐘，桌上還有一包抽取式面紙、標注安眠藥的小瓶子，和軍用營養劑。

那是由帝國軍醫院特別研發，派發給隸屬於軍隊哨兵的物資。林修時聽說，只需喝幾口，就可以迅速補充一天所需營養，讓肚子一整天都感覺不到飢餓，為作戰期間的哨兵省下大量時間。

參考霍珣之前的話，他已經在這屋子住了兩天。

……看起來霍珣回家後也沒有做飯的計畫，打算靠營養劑過活……怪不得冰箱裡只有水……

林修時恍然大悟。

視線從床頭櫃轉移到床上。床被放在臥室正中間，至少有兩公尺寬，放著兩個枕頭，和看上去無比鬆軟的羽絨被子。

這麼大的床，人躺在上面都可以滾好幾圈，更不要說變成小貓的他了。

一瞬間，林修時有些頭癢癢，很想撲到床上蹭一蹭，再跳幾下……

「喵？」我在想什麼？我是這麼幼稚的人嗎！

林修時搖搖頭，趕緊從妄想中抽離出來。

將小貓的一舉一動看在眼裡，霍珣揉了揉他的腦袋。「別怕，這是我的房間。」

都說頭可斷、血可流，髮型不能亂，林修時作為人時最討厭別人碰他的腦袋。變成貓後，敏感點全都發生了改變，感受到霍珣掌心的溫度在頭頂緩緩暈開，愉悅感在腦內綻放，一旦沉淪，理智又變得不清晰了。

「呼嚕、呼嚕呼嚕……」好舒服，奇怪、怎麼會那麼舒服……

身體不由自主地舒展開，林修時瞇起眼睛癱進霍珣懷中，頭頂著霍珣的手掌，發出了古怪的呼嚕聲。

真可愛。

霍珣本要鬆開的手停留在了林修時的額頭。察覺到林修時喜歡他的撫摸，手指配合地一下下抓撓起來。

「呼嚕呼嚕呼嚕……」再多摸摸我，不要停。

【你說牠發情時會不會也是這樣的表情？】蘭克斯興匆匆地問。【你快放我出來，我也想摸摸牠。】

【我們的感官是共通的。】換而言之，無論霍珣是否放蘭克斯出來，牠都能體會到撫摸小貓的感受。

通過霍珣的觸感。

【……你應該慶幸我不會翻白眼。】

霍珣不再回覆蘭克斯。他走到床邊，將小貓輕輕放在枕頭上。枕頭比靠枕要柔軟得多。小巧的貓身一躺下來，就被輕盈鬆軟的內芯包裹住。林修時絲毫沒察覺自己被擠得四腳朝天，露出了柔軟的肚皮。

腹部的絨毛比背部的要稀薄一些，絨毛顏色也更淺一些。霍珣能夠看到淡粉色的肌膚，撫摸貓頭的手情不自禁地滑到林修時的腹部——

「喵！」你摸哪呢！

林修時猛然驚醒。他趕緊翻過身體，虎視眈眈地盯住霍珣的手。

「我不知道你討厭被摸肚子。」

「喵喵喵喵喵喵！」我哪都不喜歡被摸！

喜歡被摸頭的是黑足貓，關我林修時什麼事！

仗著霍珣聽不懂，林修時肆無忌憚地胡言亂語。

特地帶林修時和自己同住，甚至獻出一只枕頭的霍珣，顯然不會因為林修時抗議的模樣而生氣。

他在床邊坐下，饒有興致地看著林修時對自己喵喵叫。

明明小貓吵鬧得不行，明明對自己時冷時熱，明明自己很討厭被他人牽著鼻子走……可是霍珣都不在意。

心情出奇得好，彷彿久久烏雲不散的陰雨天迎來了難得的晴朗，他被壓抑多時的呼吸，總算吸取到了清澈的空氣。

思緒跟著透亮了起來。

隱隱約約的，霍珣想到了一個身影。

他看不清對方的容貌，但霍珣就是覺得他很像這隻小貓。有著嬌小但靈敏的身形，柔軟的頭髮，髮絲根部處呈黑色，長長後卻會蛻變為淡金色，在陽光下折射出神奇又絢麗的色澤，令他移不開視線，很想伸出手，勾住他的頭髮。

而那身影和小貓最像的地方，莫過於他們對待霍珣的氣勢。

時而黏人乖巧，黏在他身邊不肯放手；時而張牙舞爪，帶著提防看他。

他為什麼要提防我？

不悅油然而生。霍珣一愣。

他又是誰？

我又為什麼因為他提防我而生氣？

思緒困惑，如同磁帶一般卡住，霍珣知道自己應該立刻停止思考。可是他做不到。

心底有個聲音急促地蠱惑著他：再想一下，再堅持一下，就能回想起對方的名字了！就能想起對方的模樣了。

然而思緒如同被堵在了死路上，無法再前進一步。

他越是推著思緒繼續轉動、去追尋那個少年的身影，神經就越是被拉扯、擾亂成一團打滿死結的線。

才剛轉成晴朗的腦內再度被陰霾遮蔽，黑瞳邊緣微微地浮現出紅光，猶如染了一半的血——

【快停下來，霍珣！】蘭克斯急忙出聲呼喊。【你又要失控了。】

抿緊雙唇，霍珣站起身。

「……喵？」與此同時，林修時也感受到了霍珣周身散開的威壓。

他連忙昂首審視霍珣的情況。

威壓是哨兵與俱來的能力，高級哨兵能夠利用它壓制等級低於自己的人，令其懼怕或臣服於自己。但因為使用它很消耗精神力，一般形勢下，哨兵更喜歡用武力來降服弱者。

霍珣是S級哨兵，他的精神領域遠比一般哨兵遼闊。

這代表著他比常人擁有更多的精神力，此外，林修時聽說霍珣的精神力異能是氣流，他抬抬手指，就能捲起氣流、颳起颱風，也可以利用氣流控制威壓的範圍和強度。

使用威壓對霍珣來說是很容易的事。

只是……他用得未免也太頻繁了！

而且還是用在林修時這麼一隻無害的小貓貓身上。他又不是能帶來威脅的敵人！

這就很不正常了。

一手抵在眉骨處，指腹按住兩邊的太陽穴，霍珣抓起床頭櫃上的安眠藥盒，乾吞了兩片下去。

「喵？」你要睡了嗎？

林修時湊近到霍珣跟前，拿貓爪子蹭了蹭他的衣襬。

「抱歉，我沒事。」深吸兩口氣，按捺住躁動的威壓，霍珣放下手，對林修時搖搖頭。「我需要休息一會兒。」

「喵！」你快睡！

林修時連跑帶跳地退到床鋪另一邊。

隨後，霍珣一言不發地掀開被子，鑽入被窩，面朝天花板躺平，閉上眼睛。全程沒有任何多餘動作，就如同是個執行指令的機器人。

看著筆直筆直睡在身旁的霍珣，林修時腦中冒出了「脆弱」二字。

在林修時的記憶裡，霍珣是最不可能脆弱的存在。可是眼前的他就和林修時在治療室見過的哨兵沒有兩樣。

林修時敢斷定，霍珣的精神領域出了問題。

為什麼沒有嚮導及時為他疏導呢？

精神領域位於哨兵的肉體內，是儲存精神力的地方，也是安置靈魂的溫室。

但是精神領域對哨兵來說並不是堅固不可摧的。

事實上，哨兵敏感的感官賦予他們常人無法窺伺的力量，同時也讓他們的精神領域十分脆弱，很容易崩潰，導致靈魂受損，帶來不可逆的傷害。

因此他們時常需要找嚮導醫生幫自己疏導精神領域，避免靈魂創傷，造成生命危險。

像霍珣這樣的S級哨兵，哪怕放在全帝國，都是稀有的寶貝。

就拿林修時過去在私立醫院負責過的S級哨兵來說，他們不僅有著精確到分鐘的就診日程表，若是出任務，還會相應地增加疏導次數。

若S級哨兵沒有準時來到診療室，就算只是遲到了一分鐘，醫生都會收到提醒——必須立刻馬上聯絡哨兵，詢問延遲的原因，並通過電話，遠端緊急安撫哨兵的精神領域。

更不要說以第一名成績從帝國第一軍校畢業，直接轉入帝國軍隊，如今已是少將軍銜的霍珣。

林修時不願承認，嘴上說著「畢業後就沒再關注過霍珣」的自己，實際一直在意著霍珣的新聞。

如果S級哨兵中還要劃分等級，霍珣就是S中的頂級。

他註定吸引所有人注目，無論林修時有多抗拒，他的消息總是從四面八方來到自己的面前，勾住他的視線。

林修時嫉妒霍珣比自己優秀，可是，他也欣賞著霍珣的優秀。

倘若他和其他哨兵一樣無趣，或者這世界上再也沒有優秀的霍珣，那麼林修時只會感到失落。

沮喪地低下頭，林修時看著自己肉嘟嘟的貓爪子，陷入沉思。

如果我還是人，這時候只要將精神力凝結成觸鬚，從手中彈出，連接到他的腦袋，我就能試著治療他了……

林修時暗暗想道。

一根散著瑩瑩微光、如水母一般有著果凍膠質的半透明觸鬚隨思緒從貓爪間冒出小芽，對著一臉喪氣的林修時晃了晃——

「喵！」臥槽！貓爪子也能長出觸鬚？

林修時活了二十五年，沒想到有一天竟然被自己的精神觸鬚給嚇到。

床上的人則被貓尖叫聲驚醒了。

霍珣疲憊地撐開眼睛，扭頭看身旁的林修時。

林修時連忙將爪子藏進蓬鬆的被子裡，張望著空氣，喵喵亂叫。

「貓的神經也和哨兵一樣纖細嗎？」抬手拍拍林修時的腦袋，霍珣又閉上了眼睛。「別怕，陪我睡一會兒。」

「喵！」好呢！

林修時故作乖巧地在霍珣枕邊趴下，將貓爪子藏在蜷起的腹部。

霍珣能讓林修時靠近，甚至讓他睡在枕邊，只因現在的他是隻不能人語，沒有能力的無害小貓吧？

他若是知曉床邊的貓身裡藏著一個人的靈魂，肯定不會這麼毫無防備地閉上眼睛。

他會戴上面具，和林修時拉開距離。

就像過去那樣。

林修時擺擺尾巴，將浮上心頭的情緒壓回心底。

但我大人大量，不跟你計較！等你睡著了，本天才嚮導就來看看你的腦袋！

林修時盯著霍珣的睡顏，靜靜地等候著。

期間他不時探出頭，用鬍鬚感受霍珣的鼻息。

直至感受到男人的呼吸逐漸與心跳同步，平穩且均勻後，林修時才小心翼翼地伸出貓爪子，凝聚出精神力——纖細的半透明觸鬚再次從貓爪中探出，牠顫顫悠悠地靠近霍珣，落在他的太陽穴上。

林修時閉上眼睛，操控著更多的精神力通過觸鬚，進入霍珣的腦中。

臥槽！

林修時一臉驚恐地睜開了眼睛，連接兩人的精神觸鬚順勢碎裂，在林修時的喘息聲中化為塵埃！

太可怕了……霍珣的精神領域實在是太可怕了！

縱然過去有三年的工作經驗，林修時也從未見過如此瘋狂的精神領域，混亂得宛若十級颱風，狂風在望不到邊界的空間內呼嘯，所到之處皆是廢墟，寸草不生，只剩陰霾。

林修時的精神力更是無法在他的精神領域中落足。他剛進去，就被驅趕了出來。全程沒能停留超過一秒。

怪不得他會那麼頻繁地釋放威壓……

他的精神領域處於臨近失控的狀態，稍有情緒波動，就可能引發精神力洩漏。

精神力轉變為威壓都是好的，要是他沒穩住，甚至可能失手揍飛惹他生氣的人。

貓爪子托著下巴，林修時若有所思地點點頭。

大致瞭解情況了……再試一次！

林修時將兩隻貓爪都放到了霍珣的頭部，他聚精會神地凝結出更多的精神觸鬚。

有了心理準備，這次林修時在進入霍珣精神領域的第一時間，就將精神力量變成網狀，鋪散在域中，先穩住自己的意識不被驅逐。

接著，他伸出一根小觸鬚靠近狂風中央的霍珣。

準確地說，是霍珣的靈魂，一個渾身不著一物的人形發光體。

健康狀態下，精神領域中的靈魂會呈現純淨的白光。只是如今，霍珣的靈魂表面糾纏著一層黑紅色的霧，遮蔽了靈魂應有的光。

霍珣抱住膝蓋、蜷縮起身體，孤獨地沉睡著。唯有如此，他才能保護自己免遭精神領域中的狂風侵襲。

但也正因為他的自我保護，嚮導的精神觸鬚很難穿過狂風，去到他的身邊，給予他精神安撫。

得不到安撫，精神力就會更加紊亂，進而在精神領域中狂暴襲擊，然後他只能蜷縮得更緊，嚮導更難觸及到他，精神領域的狂暴加劇……如此不斷惡性循環，就會形成這般棘手的狀況。

林修時的小觸鬚只向霍珣靠近了不到一公分，就被狂暴的力量撕碎。

眼前的畫面變成了霍珣的臥室。

他又一次被驅逐出了霍珣的精神領域。

鼻腔隱隱作痛，林修時伸出爪子摸了摸，肉墊隨即被溫熱的液體濡溼。

……貓的鼻腔也太脆弱了吧，才被驅趕兩次就流鼻血。

林修時嘆息。

可惜，優秀的醫生面對疑難雜症，只會越挫越勇！區區流鼻血根本不算什麼！

霍珣你給我等著！

林修時第三次探出精神觸鬚闖入霍珣的精神領域。

這次他熟門熟路地先張開網狀觸鬚，然後再捏出一條彎彎扭扭的曲線觸鬚——風往哪吹，它就往哪扭，以柔克剛，迂迴前進。

靠著極其克制的耐性，再又被驅逐了兩次後，林修時總算在進入精神領域的第五次，將纖細的精神觸鬚搭在了霍珣的肩上。

「……嘶？」纏繞在霍珣手臂上的蘭克斯抬起頭，困惑地看向落在身上的精神觸鬚。「你是……我的小貓咪嗎？」

精神觸鬚一言不發。

不是不能說話，而是林修時實在是累得沒力氣說話了。

他撐著一口氣，操控精神觸鬚，張成一張薄膜，像被子一般包裹住霍珣和蘭克斯。

快點平靜下來吧，優等生。

我可是好不容易才能來到你身邊。

別讓我又像個笑話。

林修時暗暗苦笑，毫無保留地將自己的精神力全都傾注到霍珣身上……

以往每次精神力失控，霍珣都會經歷一段極其痛苦的時間，才能靠毅力重新掌控住精神領域內的力量。

但是這次，痛苦並沒有持續很久。

一股暖流鑽入寒風中，守護住了霍珣和蘭克斯。

那力量陌生而微弱，霍珣從未接觸過，也來不及去追尋，它就如煙消散，只留下淡淡的餘溫，縈繞在肌膚表層，令霍珣恍惚。

恍惚到他不想醒來，想要繼續浸泡在那份餘溫中，來填滿因追尋不到力量來源而產生的空虛和暴躁……

【操操操操！霍珣！出大事了！】

偏偏他的精神體總不安分。

度過失控狀態後，蘭克斯嚷嚷著，一定是牠親親愛愛的小貓咪救了牠，牠要去找牠抱抱親親舉高高，然後第一時間衝了出去。

不過兩秒，牠又回到霍珣腦中。

【你快起來啊！我心愛的小貓咪好像生病了！】

……什麼？

猛地睜開眼睛，霍珣扭頭看向身側——他沒看到熟悉的小橘貓，只看到一名鼻間凝固著些許血液，全身赤裸的淡金髮男子正酣睡在床的另一側。

似是覺得有點冷，男人微微蜷縮著身體。

日光下，男人的肌膚白得反光，唯有乳尖和下體是純淨的粉紅色。

還有他的股間……

一根通體淡金色、點綴著黑色斑紋的貓尾巴從他的尾椎處延伸而出，鑽入被子，勾住霍珣的大腿。

貓尾巴？

霍珣蹙眉，視線掠過男人俊秀的面頰，落到頭頂，他看到了一對有著同樣花色的貓耳朵……

第三話

我對你產生了性慾。

嚮導幫哨兵疏導精神領域，是很消耗精神力和體力的事。

即使是Ｓ級嚮導幫最普通的Ｂ級哨兵疏導，事後都需要休息。更不要說林修時經常跨級，幫Ａ級，乃至Ｓ級的哨兵疏導。

但是林修時很少休息。

他經常在完成疏導後狂灌一杯黑咖啡，逞強地說著自己還有餘力，就讓下個患者進來。

他不是工作狂，也不是不想休息。

只是每次他休息了，就會聽到一些竊竊私語：
讓B級嚮導幫更高級的哨兵疏導，果然還是太勉強了吧？
林醫生原來只有B級呀！
B級的林醫生就是太過要強。
B級嚮導還是應該幫B級哨兵疏導啊……
B級B級B級B級B級B級——強調個沒完沒了！
無論他們是懷著驚訝、讚美還是挖苦的想法，林修時都不想聽。
所以他逼迫自己不去休息，逼迫自己繼續工作。
可是這次，林修時實在是撐不住了。
霍珣的精神領域比林修時治療過的任何哨兵都要糟糕，而變成黑足貓的林修時身小、手小，能力也少，他透支了能夠調用的所有精神力，才勉強安撫住霍珣。
代價就是林修時徹徹底底地睡了個大覺。
意識再回到現實時，林修時覺得身體就像灌了鉛一般沉重，他掙扎了半天，才睜開眼睛。
然而一睜開眼睛，林修時就看到了霍珣近在咫尺的黑瞳，平靜到陰沉，嚇得他只覺熱血直沖天靈蓋，情不自禁地慘叫跳起：「你有病啊——眼睛一眨不眨地盯著人睡覺！」

林修時指著霍珣大喊。

剛喊完，他就察覺到了不對勁。

「咦？我怎麼能說話了？」林修時扭頭看向自己指著霍珣的手。「我的爪子呢？」

林修時連忙去摸自己的臉和腦袋。

他有人類的五官。只是貓耳朵還在。

林修時低頭再看自己的身體。

臥槽！我居然沒穿衣服！

白皙的臉頰瞬間漲紅，他尷尬地用手擋住兩腿間的性器。尾椎處的貓尾巴不自然地甩了甩。「抱、抱歉……我們之間可能有點誤會，但我現在也很困惑。我可能需要照一下鏡子，請、請你等我一下……」

維持著雙手護住下面的姿勢，林修時僵硬地跳下床，在霍珣一言不發的恐怖凝視下，挪步進套房的浴室——

這是我。但是，為什麼是我？

鏡子中的人，毋庸置疑就是林修時本人。

畢竟他天天洗澡、健身都會欣賞一番身體和臉蛋，他清楚地記得身上每顆痣、每個細節，全都和鏡中看到的分毫不差。

他的鼻間還殘留著一些血痕，應該是幫霍珣疏導時流的，沒徹底擦乾淨。

至於他頭上抖個不停的貓耳朵，還有尾椎處拚命搖晃的尾巴，則肯定不是他原裝身體就有的。

從金底黑斑的花紋來看，它們是屬於黑足貓的。

原先變成貓時，他還能自我安慰，他的靈魂是附體到黑足貓的身上，借屍還魂了。

可是現在，那套理論說不通了。

哪有貓能變成人的？

又有哪個人能有貓耳朵和尾巴？

林修時一頭霧水。

「可以開始解釋了嗎？」霍珣雙手抱胸，倚在浴室門邊。他鎖定住玻璃上的林修時。「你是誰？」

林修時又感受到了威壓在空氣中緩緩蕩開。

不同於之前是精神領域波動，隨情緒漏出的威壓，這次霍珣是有意釋放威壓來震懾林修時。

沐浴在對方的氣息下，林修時膝蓋顫慄，差點要跌坐到地上。

使出全力克制住雙腿不讓它顫抖，林修時嚥了口唾沫，牙關打顫地說：「我、我就是你撿回家的小、小貓啊！」

「哦？」霍珣神色不變，顯然不信林修時的這套說辭。

的確，這種事林修時自己說出來都覺得沒有可信度。

有一個瞬間，他產生了向霍珣坦白一切的衝動，把他被車撞，昏迷，醒來變成貓，然後被霍珣撿回家的整個過程全說出來。

可他若是這麼說，就等於承認自己是「林修時」。

心底有個聲音極力抗拒著。

他不想在這麼糟糕的狀態下告訴霍珣，他是林修時。

其一是因為他當前不可能作為「林修時」回去——在他搞明白自己到底是怎麼了之前。

他害怕自己會被抓走，關進特殊實驗室裡做生物研究。

抱住霍珣大腿，是他能想到的最安全的做法。

很奇怪，此刻正對他釋放著威壓的男人，依然令他莫名地感到安心。

其二是因為他這一連串遭遇實在是太丟人了。

林修時不允許自己丟人，尤其是在霍珣面前。為了這份固執，他可以說一萬個謊話來掩蓋真相。

看霍珣的反應，他顯然沒認出林修時，不然霍珣不會問他「你是誰」。的確，高中畢業後，我長高了將近十公分，腹肌都練出來了，已不是高中時的白斬雞……

霍珣認不出我很正常。

我……我也不想被他認出來！

林修時克制不住地在心底為「霍珣沒認出自己」找藉口。

他把這全歸咎於大腦太亂了，導致思緒有一搭沒一搭地亂竄。

「你到底是誰？」將林修時每個表情變化，尤其是心虛的樣子看在眼裡，霍珣沉聲又問了一遍。

「其實……其實我是隻善良的貓妖。」暗暗道了句豁出去了，林修時開始胡言亂語。「你撿到我的那天，我正好渡劫。多虧了你給我吃穿和住的地方，我才能度過劫難，修出人形！」

霍珣不言，繼續釋放威壓包裹住林修時。

浴室很狹窄，封閉而有限的空間令威壓的濃度瞬間倍增。

林修時的太陽穴一突一突地作痛起來。

他沒有退縮的餘地了。

林修時鼓起勇氣走到霍珣面前，對著他的眼睛，拉扯耳朵。「我說的是真的！不信你看我的耳朵！是真的，不是裝上去的！還有尾巴！」林修時轉身，閉上眼睛對霍珣撅起屁股。「尾巴也是真的！」

為了讓霍珣能看清楚尾巴和尾椎的銜接處，林修時豎直了尾巴。這等於將整個股間都毫無遮擋地送到了霍珣的眼底。

林修時感受到霍珣盯著自己的目光變得更加銳利了，彷彿要將自己撬開一般。

身體不自覺地顫得更厲害。分不清是因為威壓，還是因為羞恥。

「我不會害你的……對、對了！我剛度過劫難，就用妖力治療了你！你這會兒是不是感覺好多了？」

「是你？」

總算得到霍珣的回應，林修時雙手握拳，激動地點頭。「對啊！這家裡就只有你和我。除了我還能是誰！」

「的確，家裡只有你和我。」霍珣緩慢地說著，布著薄繭的手指落在林修時的尾椎處。

「唔！」身體如觸電般從尾椎往頭頂刺了一波，林修時不適地挪動屁股。

「別動。」霍珣一把揪住林修時的尾巴，輕輕往後一扯！

呃！

尾巴被揪住的剎那，全身的力氣都跟著被卸去。林修時再也支撐不住身體，虛浮地倒入霍珣懷中。

灼熱的鼻息從後方灑落在貓耳朵上，吹得絨毛輕顫。

靠靠靠靠那麼近幹什麼——我沒穿衣服啊！

林修時慌張地抬起頭。順勢，他看到了鏡中的自己，遠比他能想像得還要更色情！

慌張的臉蛋面色潮紅，雙眼不知何時蒙上了薄薄水氣，不著一物的身軀在逐漸濃郁的威壓控制下，瑟瑟發抖地蜷縮在霍珣的懷中。

一七八公分的成年男子體格其實並不嬌小，只不過在身高超過一百九十公分，全身肌肉都被高度開發，可以說是完美哨兵身材的霍珣面前，林修時的身材就完全不夠看了。

他被襯托得纖細且柔弱。

林修時只看了一眼，就慌張地移開了視線。「放、放開我的尾巴，好嗎？」

「我還有一樣需要確認。」握著林修時的尾巴不放，霍珣低聲呼喚蘭克斯。

下一秒，半透明的黑曼巴蛇現身在霍珣腳邊。牠「嘶嘶」地抬起身軀，纏住林修時的腳踝，繞著光潔的肌膚一圈圈地往上爬。

冰涼而滑膩的蛇皮擦過肌膚，激起一片又一片的雞皮疙瘩。

若非霍珣揪住林修時的尾巴，讓他使不上力，只能依附在霍珣懷中，這下林修時絕對會跳起來，使盡全力甩掉黑曼巴蛇！

如今，林修時只能眼睜睜地看著黑曼巴蛇攀著他的腿，爬到他的胯部、再往上游過腹肌和胸肌，尾部擦過敏感的乳尖，最後直達孱弱柔嫩的頸部。

「嘶嘶……」

【是牠的氣息。牠來過我們的精神領域，我記得。】蘭克斯迷戀地圈住林修時。【牠就是蘭克斯一直在尋找的小貓咪。他為蘭克斯變成人了！】

「你說對了，但也說錯了。」

「什麼說錯了？」林修時聽不懂霍珣突然冒出的話是什麼意思。

話剛問出口，他就被霍珣橫抱起來，轉身走出浴室！

「你你你快放我下來！」

「既然你能變成人，那我就不必拿你當尋常小貓來看待了。」將林修時扔回到床上，霍珣緊接著壓了上去，居高臨下地看著滿目無措的他。

「知道我為什麼帶你回家嗎？」霍珣問。

「因為你喜歡貓？」

「是蘭克斯喜歡你。」霍珣低頭，壓低聲音在林修時耳畔說：「我的精神體想操你。」

「啊……」果然是這樣啊。

「看表情，你早就發現了嗎？」

「沒、沒有！我只是太過震驚！」林修時使勁搖頭。「你之前明明說，牠想和我做朋友！」

「做和操，不是一個意思嗎？」

……你頂著這張性冷感的臉開黃腔，我真的很不習慣啊。

林修時有太多想吐槽的話，一時不知該說哪個。

「不過現在情況變了。」霍珣緊跟著補充。

「什麼變、變了？」

話音未落，一根灼熱粗硬之物抵在了林修時的性器上，燙得他顫慄。

「因為我也想操你。我對你產生了性慾。」

積聚在霍珣胸口的所有疑慮都消失了。

鬆口不願承認的倔強後，霍珣感到了從未有過的暢快。

是的。

這才是他帶牠回來的理由。

他和蘭克斯都看中了牠。如果牠只是一隻貓，那麼縱然有再多妄想，他都會藏入心底，用心照顧牠。

但牠變成了人。

儘管令人難以置信，但是牠的確在他眼前變成了人類的模樣。甚至撅起了屁股告訴他，牠是因為自己才變成人的。

那麼一切就不一樣了。

一切都變得順理成章。

想要讓他成為自己的伴侶。想要操弄他，將自己的性器埋進他的身體裡，灌滿他的小穴，將他全身都弄得亂七八糟的，染上自己的氣息，意亂情迷得無法思考，除了接納他。

思緒飛轉，黑瞳隨之附上了一層紅霧，目光變得混沌又危險。

林修時一眼就看穿霍珣的精神領域又開始混亂了，這種混亂往往會造成哨兵失控，有時是脾性失控變得暴躁，有時則是慾望失控，變得性慾爆發。

很不巧，潔身自好的霍珣居然是性慾方面失控。

「衝動就是魔鬼！你一定要冷靜啊！」林修時趕忙抱住霍珣的腦袋，十指張開，精神觸鬚進入霍珣的精神領域。

經過一輪治療，現在，霍珣精神領域內的狂暴收斂了幾分，從超級颱風變成了暴雨天，但也沒好到哪兒去。

林修時凝神，四下尋找著精神領域中的霍珣。

意識世界外，蘭克斯游到了兩人之間，攀上林修時的手腕。

「不准走神。」

「嘶嘶！」【沒錯！】

尾巴捲住他的左手，頭部越過右手一收，就將林修時的雙手捆了起來，拉扯到床頭，固定住。

手指一脫離霍珣的頭部，黏連在他太陽穴和林修時十指指腹間的精神觸鬚隨即暴露在了空氣中。纖細的果凍膠質觸鬚在凝滿情慾的眼中，就像從私密處溢出的黏稠液體，折射出淫靡的光澤。

「嘶嘶……」蘭克斯情不自禁地吐出紅芯子，從指腹舔舐到精神觸鬚上。由精神力凝結出的觸鬚異常敏感，絲毫禁受不住蛇芯子的愛撫。林修時驚叫一聲，意識登時被拉回到現實。

雙目再次撞見霍珣被性慾染紅的雙眸，感受到對方勃起的性器正杵在他的腿間，挑撥著他的下身，企圖尋找能夠闖入的小洞……

林修時的心臟怦怦狂跳，彷彿要從喉嚨蹦出來。

「張開腿，讓我進去。」

「不行不行不行！」你的肉棒那麼粗，我絕對吃不消的！

林修時夾緊後穴。

「那我自己來吧。」霍珣勾脣。平日不笑的人冷不防地展露如此邪魅的笑容，林修時一下子就被他蠱惑住了。

霍珣趁機拉開林修時的雙腿。「找到了。」

操啊！美色誤人！

林修時想再併緊雙腿已經來不及了。

手掌分別握住兩條腿的大腿根部，微微抬起林修時的身體，霍珣擠進兩腿間，半瞇眼睛欣賞尾椎前方的小肉穴。「……好小。」

「是啊是啊！這地方不適合做愛啊！」林修時連聲應和。

「得仔細擴張才行。」

「……」想不到有生之年，他居然能從霍珣的嘴裡聽到「擴張」二字。精神領域失控，真是會讓人性情大變啊……不知道霍珣清醒後知曉自己居然說了那麼粗俗的話，會作何感想。

「你又走神了。」威壓如巨石降下，震住林修時的身體只能保持張開的姿勢，無法動彈。霍珣探出中指，插入後穴。

「唔操！」

指腹上的薄繭擦過肉穴，直至從未被誰到訪過的深處，帶來微痛、酥麻又痠脹的詭異觸感。

林修時有種心臟也被手指頂了一下、推到喉嚨的錯覺。喉嚨彷彿被什麼堵住了，他努力地張大嘴巴，也只能吸入很稀薄的氧氣。血管鼓動著，不斷將滾燙的血液輸送向大腦……

好燙，我的頭、耳朵、臉頰、身體，還有被手指入侵的後穴……都好燙！

最要命的是，他發現自己的性器居然也抬起了頭。

聽著心跳如鼓般在耳旁震動，林修時撐起腰、扭動起屁股，想要掙脫霍珣的手指。

然而霍珣先一步弓起了中指，既撐開了肉穴內部，同時又卡住穴口，阻止林修時掙脫。「別亂動。」

不行……現在不是沉溺於性慾的時候！我可是嚮導！得想辦法讓霍珣清醒過來！

撐著僅存的理智，林修時逼迫自己快轉動腦子。

嚮導安撫哨兵的方法有很多。

最安全直接的方式是用手。以手作為橋梁，探出精神觸鬚，連接到對方的大腦，進而進行治療。

如果嚮導不方便使用手，其實也可以將精神力導向身體的其他部位與哨兵連接。

親吻、性愛，都是有效又令人沉迷的治療方式。

林修時都沒有試過，不清楚自己能做到什麼程度。

但是……

啊啊啊啊——沒辦法了！再見了，我的初吻！

林修時鯉魚打挺般地彈起身體，不給跨坐在他身上的霍珣反應的機會，瞄準霍珣的唇重重地吻了下去！

唇瓣相貼，溼潤又柔軟的觸感令林修時差點失神。

他用力掐了下自己的手，然後探出舌頭，撬開霍珣因詫異而忘了闔上的齒間，直驅溫暖的口腔，勾住對方的舌。

霍珣遲疑了片刻，隨後反客為主地糾纏住林修時，吮吸啃咬起他的舌，力氣大到彷彿要將他吞噬。

「唔……唔、唔！」分不清是威壓讓空氣變得灼熱，還是熱血沖腦的意識讓感知到的一切都染上高溫，被霍珣舌吻著的林修時感到眼花繚亂，雙眸含淚。

破損過一次的鼻腔隨呼吸隱隱作痛，為了獲得更多的氧氣，林修時艱難地張闔著唇瓣。

「唔！哈、哈……唔！」

然而雙唇間才分開一條縫隙，霍珣就急不可耐地追上來，將縫隙填滿。

「……唔……哈唔、唔！」

不能、不能被霍珣掌控……

「唔、唔……唔……」

我……才應該手握主動權！

勉強支撐住一絲理智，林修時將精神力匯集到舌尖，觸鬚與唾液交融，通過雙舌再度連接彼此。

林修時重新進入到霍珣的精神領域。

精神領域內的風暴變得更強烈了。

值得慶幸的是，這次林修時不用想方設法地尋找霍珣並接近他了。

因為他正緊緊地擁吻著同為人形靈魂體的林修時。怪不得書上說，親密行為能讓嚮導更容易治療哨兵，原來是因為肉體和靈魂的親密狀態能夠同步。

林修時鬆開脣，將精神力轉變為身上純淨的光，通過擁抱，一點點地熨入霍珣的體內。「別怕，馬上就好了。讓你失控的東西很快就會消失。你會變回自己。」

林修時柔聲安撫著。

光芒慢慢地浸透霍珣的身軀，洗滌掉蒙在表面的黑紅色氣流，讓霍珣重新煥發出純白的光芒。

腦內混沌的狂風又一次平息，凝聚在黑瞳表面的紅霧緩緩散去。霍珣眨了眨眼，雙眸終於恢復了平靜。

他維持著擁抱林修時的姿勢，一眨不眨地看著他。彼此的唇瓣相距不過幾公分，霍珣能夠看到唾液在兩人舌尖拉扯開的淫線，隨粗重的喘息聲輕顫。

「抱歉……」

束縛住身體的蛇形精神體和威壓一同消散，恢復行動力的林修時長鬆一口氣。

他故作不在意地拍拍霍珣的手臂。「沒事沒事，你剛才差點又發瘋了，才會腦子不清楚。怪不得你！而且我也不虧啦，你的吻技很好！是以前親過很多人嗎？」

稱讚往往是讓一個人振作起來的最好辦法。

而把親吻的重要性淡化成尋常且頻繁的事，不僅可以把氛圍變得輕鬆，還能扯開話題。

林修時覺得自己實在是太善解人意了。

只是霍珣聽後皺起了眉頭。他握住林修時的手，說：「沒有親過別人。你是第一個。」

「……欸？」

「只親過你。這是我的初吻。」

「初、初吻就這、這麼厲害嗎？」林修時覺得這時要是往他頭上放一捆乾草，說不定能被他頭頂散發出的熱量點燃。

臉燒得更厲害了。林修時覺得這時要是往他頭上放一捆乾草，說不定能被他頭頂散發出的熱量點燃。

同時他又感到自己罪孽深重。

哪怕初衷是為了治療霍珣，但他確實是拿走了人家的初吻。如果不是因為精神領域出了問題，霍珣一定很抗拒和別人那麼親密接觸。

林修時琢磨著，是不是該蒙混過初吻這個話題，霍珣率先開口追問：「那麼你呢？你說我吻技好，是和誰做比較？」

「啊？沒、沒有！」林修時抽出手，慌張地不敢看霍珣。「你忘了我是才變成人的貓妖嗎？我和誰親、親呀！貓貓之間不會親嘴！」

林修時睜著眼說瞎話。

他不知道貓貓之間會不會親嘴。

他只知道，自己絕對沒有和誰親吻過。

每天光想著怎麼證明自己，怎麼讓自己做得更好，就令他精疲力竭了。

情人？性愛？親吻？他都不需要。

他無法想像身邊多出一個情人的生活。要是讓誰誤以為，他如今所做到的一切都是用身體或者別的方式換的，而非實力……他一定會抓狂的。

所以，林修時至今仍是個毫無性愛經驗的處男。

不過一起工作的同事，似乎都以為他是性經驗很豐富的大佬……沒辦法，都怪林修時太會裝腔作勢了。

「既然你我都是初吻，那誰都沒虧，正好相互抵消啦！」面對壓在身上的霍珣，林修時推了推他的胸膛。「清醒了就快從我身上起來吧，你有點、有點重！」

尤其是你的肉棒……別再硬邦邦地戳著我了！

視線顫抖地挪到抵在私密處的性器，林修時羞恥得說不出口。

「等等……讓我緩一下。你別動。」按住在身下小心掙扎的林修時，霍珣低頭壓抑著喘息說。

「哦、哦好……」

同為男性，林修時很清楚，慾望不被釋放出來，性器就不會太快平復。

但維持現狀實在太容易擦槍走火了！避免肉體接觸引起慾望再次上頭，林修時筆直躺著不動，心中不停默念：我是木頭，我是木頭……

尷尬的寂靜在兩人間漫開。

似乎過了很久，又似乎只過了片刻，林修時聽到霍珣發出了一聲很輕的嘆息。

「我很抱歉。」霍珣又一次道歉。

「嗨呀，都說沒事了！你也不想發狂的——」

「但我不後悔。」霍珣打斷林修時的話，繼續說：「我想追求你、請做我的伴侶。即便你是貓妖。」

「欸？」

你還真信我是貓妖了啊。不對，這不是重點。重點是，你為什麼要追求我？難道你精神領域中的混亂還沒有完全消除嗎？

「我再幫你看看大腦吧……」

霍珣扭頭避開了林修時的手。「你討厭我嗎？」

林修時不知道霍珣為什麼這麼問。他遲疑了一秒，搖搖頭。

是的，他不討厭霍珣。

即使他事事比不過霍珣。

即使霍珣對他做了這些，他依然不討厭他。他只是嫉妒對方比自己優秀，氣自己怎麼也追趕不上他罷了。

「那麼你喜歡我嗎？」

「欸？」

話題轉變得太快，林修時有些反應不過來。

「你喜歡我嗎？」霍珣靠近林修時，放輕聲音又問了一遍。

林修時從沒有思考過這個問題。

準確地說，他從沒有把自己對霍珣的情感和「喜歡」聯繫在一起。

林修時知道自己在意霍珣，在意到整整十二年都在成績單上追逐著他。在意到分開後再也無法追逐他的自己，還是時刻關注著霍珣的新聞。在意到即便變成貓，精神力大打折扣，流了一臉的鼻血，也想安撫對方的精神領域，讓他恢復正常。

甚至為了救他，被他用性器抵著，被他撬開後穴，他都沒有生氣，還獻出自己的初吻。

這當中哪怕有一件事被放到其他人身上，林修時都受不了。

但放在霍珣身上，一切就都變得理所當然了。

……這是因為喜歡嗎？

臉頰微微地燒起，林修時聽到了自己怦怦亂跳的心跳聲。

我喜歡霍珣？我居然……喜歡霍珣？

不不不不，這當中一定有什麼誤會！

「我只是剛變成人的貓妖，不懂你們人類說的喜歡呢，哈、哈哈哈……」林修時傻笑起來。

他不知道自己此時的臉有多紅，他也不想知道。

【我確信他喜歡你。】蘭克斯篤定地說。【聽到你告白後，他的心臟跳得超快，像是要爆炸了。】

【我也聽到了。】

【你快讓他接受你！這樣我們就可以和他做快樂的事情了！】

【不急。】

【嘶嘶……你怎麼比我還壞心眼。】身為天生的狩獵者，蘭克斯太能理解霍珣這時的悠哉心態了。那是狩獵者面對心儀獵物時才會產生的情緒。

黑瞳中凝起了笑意。

「給我機會追求你吧。」霍珣說：「住在我這兒，允許我討好你，給你所有你想要的，允許我做所有你們公貓妖追求伴侶時會做的事。」抵在林修時唇瓣上的手悄悄移動，霍珣捧住他的臉頰。「允許我追求你，好嗎？」

「……」

說起來，哨兵的精神領域一旦出問題，不是一次、兩次治療就能修復好的。需要經歷一段漫長的治療期，才有不到五十%的機率能夠康復。

理智告訴林修時，現在有太多匪夷所思的地方。

他是貓又不是貓的身體也好，霍珣混沌的精神領域和對他異常興奮的性慾也好，全都很奇怪。

不想惹上大麻煩，兩人的關係就不能有更多糾纏。

他得嚴詞拒絕。

然而張開嘴，看著對方凝視自己的深情目光，感受著失控的心跳，拒絕的話就怎麼也說不出口。

如果我拒絕霍珣，是不是……他就不會再這麼看我了？

腦中浮現出那個自己無論如何都追不上的冷漠背影，林修時聽到自己彆彆扭扭的聲音：「就、就讓你試、試試吧！」

反正是霍珣自己說要追我的，我只是配合病患演出罷了。

反正精神領域的問題不是一天兩天就能看好的。

反正我不會真的和他交往的。只要我能在他好之前溜走就好了。沒錯。

林修時昂首，自信地說：「我們貓妖可沒有、沒有那麼好追哦！」

「我會越挫越勇的，貓妖先生。能告訴我你的名字嗎？」

「……林，我叫林。」

「我叫霍珣。」

我知道你叫霍珣，從見到你的第一面就知道。

只是你不記得我叫什麼罷了。

林修時垂眸，斂下可能會被對方看穿的失落。

這般模樣落入霍珣眼中，無疑是格外的乖巧、柔弱。他的臉頰、貓耳根部全都燒得通紅，如同誘人的蘋果，嬌豔欲滴，引人犯罪。

意識到繼續躺下去，性慾就永遠不會消退，甚至可能在精神領域再次捲起狂風，令自己失控。

霍珣按捺住想要占有對方的渴望，起身離開床。

【我們不繼續剛才的事嗎？】蘭克斯沮喪地問。

【現在還不是時候。】

【那什麼時候才可以？一分鐘後嗎？】

如果一分鐘後可以繼續那就好了。

「這間臥室借給你。衣服和內衣都是搬來時新買的，你可以用。」溫柔的話音拂過林修時的耳畔，霍珣挺著勃起的性器，逕直往外走。「我去隔壁房間洗澡。」

第四話

為什麼現在不能操？

繼住進霍珣的家後，林修時進一步霸占了他的房間，甚至是他的衣服。

這種事放在幾天前，林修時是絕對不敢想的。

此時此刻，幾乎全身赤裸地站在試衣鏡前，看著身上僅有的一條純黑平角內褲，林修時的腦袋克制不住地直冒煙。

他和霍珣的體格差距有那麼大嗎？尤其是那個地方……為什麼褲襠能大出那麼多？

鬆垮垮的褲襠根本束不住性器，貓尾巴更是卡著褲腰，他只要動下尾巴，剛穿上的內褲就會被掀下，褪到大腿根部。肉棒在內褲裡來回摩擦布料，帶來令人面紅耳赤的酸爽觸感。

林修時絕對不會承認，他差點被霍珣的內褲磨射了！

直接這麼穿肯定不行。

「得重新加工一下了……」

五分鐘後——

林修時成功穿上了內褲，尾巴不僅順利地舒展開來，還充當勾子，將不合身的內褲固定住！因為他在內褲的尾椎處尾剪了一個洞。小洞邊緣坑坑窪窪，幸好尾巴毛多，縫隙全被填上了。

接下來是衣服和褲子……

咚咚。

屋外響起了敲門聲。

霍珣禮貌又克制地詢問：「林，我可以進來嗎？」

「怎麼了？」林修時連忙跑去打開門。

門外的霍珣又換上了一套居家服，林修時猜測他應該是洗了一趟冷水澡，因為身上的水氣帶著一股淡淡的寒氣。

瞧見只穿了一條內褲的林修時，霍珣先是一愣，然後又道歉說：「抱歉，是我疏忽了。」

他什麼時候那麼喜歡道歉了？

林修時一頭霧水。

「你剛變成人，應該不懂怎麼穿人類的衣服吧。」霍珣比劃了下自己的衣褲。「只穿內褲是不夠的。人類的身體毛髮沒有保暖效果，會著涼的。」

「呃！」

我當然知道要穿衣服！我這不是還沒來得及穿嗎！

林修時滿臉通紅地抿著嘴。

反駁霍珣的話，就需要扯更多的謊來解釋自己為什麼懂人類的穿著。

林修時選擇咬碎羞恥心，開始裝傻：「哈、哈哈……你來得剛好，櫃子裡的東西我都不會穿呢。」

林修時扯了扯身上的內褲。「這個是這麼穿嗎？我在街上流浪時，看到櫥窗裡的模特兒是這麼穿的。」

「這是內褲，你沒穿錯。」霍珣讚賞的點點頭。「我來教你穿其他的衣服。」

霍珣握住林修時的手腕，拉著他回到臥室裡的衣帽間，熟門熟路地翻出一條牛仔褲和純白的T恤。「你先試試這套。可能不合身，晚一些我再帶你出門去買新衣服。」

「哦……」

「來，先張開手。」

見對方把自己當洋娃娃一般擺弄，林修時聽話地張開手臂，讓霍珣幫自己套上T恤。

T恤很大，林修時穿上後，體格根本撐不起布料，領口更是鬆垮垮地滑向一側，露出了小半側肩膀。

霍珣晃了一秒神，連忙低下頭，撐開牛仔褲。「手搭在我的肩上，抬起左腿。再抬起右腿。」

兩腿分別套進褲管裡，霍珣提上褲腰，然後他遇到了和林修時穿內褲時一樣的困擾——褲子被尾巴卡住了，穿不上。

霍珣皺眉。「你轉過身讓我看看。」

扮演著無知小貓貓，停止思考的林修時一一照做。

怕霍珣看不清尾巴，他還貼心地撩起了過長的衣襬。「看清楚了嗎？」

「……」

霍珣沉默了。

【為什麼現在不能操？】蘭克斯真誠地發問。

霍珣也很想知曉答案。

他的視線彷彿也被尾巴勾住了，無法從林修時的屁股上那個小洞離開。「內褲，是你剪的嗎？」

生硬的語氣落入林修時的耳中，當即變了味。以為自己剪壞了內褲惹得對方不悅，林修時鼓起臉頰。「是我剪的，不可以嗎？」

「可以剪。」

只是剪得太小了。

腦內妄想畫面不斷，霍珣彷彿看到了自己的手落在林修時的股間，惡作劇地勾住尾巴邊緣的小洞。

嘶啦。

只需輕輕一拉，剛夠尾巴通過的小洞就能被撕開，變成他的性器也能通過，直達肉穴的大小……

霍珣盯緊那處，喉結無聲地上下滾動。

林修時終於察覺到了不對勁。他差點忘了如今的霍珣精神領域不正常，隨時都可能會陷入混沌，被性慾占據大腦！

他怎麼可以把屁股朝向精神領域那麼脆弱的男人呢！

林修時連忙掙脫霍珣的手，把尾巴全塞進褲子裡，深吸一口氣拉上拉鍊。

「是這、這樣穿吧！我學會了！」

就像在屁股上墊了一個坐墊，褲子被尾巴撐著，鼓起一大團。林修時感到一股微妙的安心感。

「尾巴團在褲子裡會不舒服的。」

「不會不會！我的尾巴能屈能伸！總不能把你的褲子也剪了！」

它不乖乖盤起來守護我的屁股，我的菊花可能就要不舒服了！

林修時乾笑著，生硬地轉移話題：「我餓了，霍珣！」

霍珣一愣，耳根染上了紅暈。「能再叫我一次嗎？」

「什麼？」

「我的名字。」

「……」

哇……什麼情況啊，朋友？你盯著我屁股，說著要操我的時候，滿腦子都是黃色廢料，彷彿車技了得的老司機。

怎麼這會兒又變成了叫個名字都能臉紅的純情青年？

這就是生病哨兵的尺度嗎？

林修時啟脣，原本張口就來的名字，在霍珣期待的目光下變得難以啟齒了。心臟莫名怦怦狂跳，他卡詞了半天，才結結巴巴地發出聲：「霍、霍珣……可以了嗎？」

【我呢我呢我呢！】精神領域內，蘭克斯激動地大喊。

「蘭克斯說，也想聽你叫牠的名字。」

啊啊，這時候精神體就不要出來湊熱鬧了！

林修時不耐煩地閉上眼睛。「蘭克斯，霍珣，我們可以去吃飯了嗎？」

「好。」

作為貓時，林修時沒得選擇，只能勉強吃下沒味的貓罐頭。

作為能說人話的「貓妖」，林修時肯定不會再委屈自己！

他也不想讓霍珣吃軍用營養劑。

只能補充營養、填飽肚子，卻不能滿足味蕾、帶給人滿足感的東西，根本不配稱為食物，存在於人們的三餐列表上。

「我想吃肉。是你也能吃的肉！」林修時睜著期待的目光看霍珣。「很早很早以前，我就聽說，人類是最會做美食的生物！但我是流浪貓，朝不保夕，能填飽肚子就算是幸運的了。現在我好不容易修煉成人，你能滿足我的願望，帶我吃好吃的嗎？」

人只要沒有節操和羞恥心，裝可憐就是信手拈來的事。

況且林修時裝腔作勢的演技一直都不差。不然小心眼又好面子的他，這些年也扮演不好「優雅能幹的林醫生」。

另一方面，霍珣一點都不懷疑林修時是貓妖這件事，畢竟貓耳朵和貓尾巴親測是真，正常人類可沒有這玩意兒。

聽到林修時的乞求後，他當機立斷拿出手機，翻出餐廳列表。

「的確應該買些吃的了。你看看有什麼想吃的？」

列表裡都是一些昂貴的酒店，林修時全聽說過，但一家都沒嘗試過。

因為他摳門，也因為他不愛吃外食。他覺得自己做的飯是最好吃的！

「你可以教我怎麼使用廚房嗎？」剛變成人的貓妖肯定是不能拿起鍋碗瓢盆就成為大廚的。林修時偽裝成廚房小白說：「我以前流浪的時候，有在餐廳的後院住過。那時我就天天趴在窗戶上看廚師，想像著有一天我也能像他一樣做飯。」

林修時故作膽怯地偷瞄霍珣。「你可以給我一個機會嗎？」

沒有人能抗拒可愛小貓貓的請求。

即便是霍珣。

他立刻將手機畫面切換成網路超市。「我們得買一些做飯用的食材。」

從沒做過飯的廚房需要添購很多東西。

從鍋碗瓢盆米麵油鹽醬醋，到葷素不等各式各樣的食材。霍珣直接買了個新手禮包，裡面大致涵蓋了所需的所有物品。

這種不動腦子的買法，林修時不久前才見識過——就是被遺棄在客廳裡的貓糧禮包。

林修時大致掃了眼禮包裡的物品，腦內快速盤算還缺了些什麼，他帶著虛偽的無知表情，一個個加進購物車。「這個是什麼？看上去好像很好吃，我可以買嗎？還有這個、這個、這個！我都想吃！」

一個小時後，超巨大的快遞箱來到了霍珣家門口。

霍珣貼心地拆掉塑膠封膜，一邊把食材和器材分門別類地安置進廚房，一邊對著購物清單，和林修時說明它們：「這是炒鍋，能夠炒菜。這是燉鍋，燉菜時用。這些碗碟，可以裝食材……這是牛排、雞胸肉、蝦，都可以煎。這是奶油，可以做義大利麵或者燉湯。」

多麼言簡意賅的說明。

林修時要真是個沒常識的貓妖，此時大概就徹底迷失在廚房裡了。

「我知道了！謝謝你，霍珣。」強忍住吐槽的心，林修時說：「我聽說，人類研究了很多食譜給初學者看。你能幫我找一下煎牛排和奶油濃湯的食譜嗎？」

買食材時，林修時特地查看了時間。現在是週六的晚上。距離林修時第一次治療霍珣時看到的時間，已經過去整整一天。

林修時沒想到筋疲力盡的自己會昏睡那麼久。捂著飢腸轆轆的肚子，他決定要挑一塊最大的牛排來犒勞自己。

霍珣很配合地從網上搜來了牛排和奶油濃湯的食譜。

當然，林修時是不會真的認真看食譜的。

這是他高一時就能信手拈來的兩道菜肴，但是他得演得像個第一次做飯的新人才行。

恰好，林修時最不缺的就是演技。

食譜上對的地方，他就照著做。食譜上不對的地方，他就裝作自己失誤，說著「哎呀，我好像搞錯了！但聞上去還行耶」，悄悄進行改良。

起初霍珣有諸多擔心，他站在林修時身後想幫點忙。但很快，發現林修時的視線都在食材上，連個餘光都不給自己，甚至好幾次都叫他別擋路，霍珣就識趣地退到了廚房門口，安靜地欣賞在爐灶前忙碌的身影。

【有新婚的感覺了。】蘭克斯冷不防地說。

是呢。

【可惜只能吃飯不能吃人。】蘭克斯嘆氣。

是呢。

【身為男子漢，就算飯很難吃，你也要努力吃光哦。我就不出來陪你了。】蘭克斯補充道。

不會難吃的。

霍珣微笑。哪怕沒吃過，他心底依然莫名的很篤定，對方做出來的料理肯定不會難吃。

而結果也如他所料。

牛排是完美的七分熟，奶油浸透香料、融入了肉裡，十分合他口味。

而海鮮奶油濃湯的火候也掌握得剛好，海鮮依然保持鮮甜軟嫩的質地，被溫潤的奶油包裹住，喝下一口，就覺得腹部暖暖的，是完全不同於營養劑的飽腹感。

「很好吃。」霍珣由衷地讚美。

是吧！我就說我做的飯天下第一好吃！

林修時嚥下霍珣特地幫他切開的牛排，笑得咧開嘴。「看來我有做飯的天賦呢！以後的飯也交給我吧！」

「好。」

完美！看來從今以後的伙食都不用擔心了！

林修時暗暗給自己比了個讚。

這個餐桌上，只有蘭克斯在哭泣。【嗚嗚嗚……大意了！我也好想吃林做的肉！也想把林按在桌上吃。】

【精神體不需要吃飯，你吸收養料就可以了。】

霍珣單手撐住臉頰，抬眸欣賞起餐桌對面正彆扭地拿著叉子，滿臉幸福地吃著牛排的林修時。

不合身的T恤歪斜在身上，露出圓潤又白皙的肩膀。視線不自覺地沿著他的肩膀往下，停留在被餐桌擋住的胸口。

他記得那裡是粉色的。

會像糖果一樣甜嗎？霍珣想。貼著臉頰的手指間有些癢，很想撕開什麼，然後握住粉色的糖果送入嘴中……

這樣可不行啊。霍珣無聲地搖頭，又拿出了手機。

吃飽喝足，把碗筷交給洗碗機，林修時癱在沙發上，正想打個盹，門鈴又響了。

不一會兒，霍珣拿著一個長方形的禮盒走到林修時的面前。「這是晚餐的回禮。」

「什麼東西呀？」

「是衣服。雖然很想帶你出去親自挑選，但你現在這身打扮不太適合出門。」

林修時一頭霧水地接過盒子。他覺得有尾巴在，穿什麼衣服都不適合出門。

但很快他就意識到自己天真了。

「你確定這是……給我穿的？」林修時展開純白吊帶裙，難以置信地看向霍珣。「雖、雖然我是貓妖，但、但我知道裙子、裙子是人類女性才會穿的衣服……我、我是男的……我的意思是，我是公貓！你怎麼買裙子給我！」

「其實人類男性有時也會穿裙子的。」霍珣面不改色地說起謊話。「你對人類還不夠瞭解。但沒關係，我會教你。」

「……」我謝謝你哦！

手中的裙子變成了燙手的山芋。林修時想丟掉，又怕丟了就會暴露他不是沒有人類常識的貓妖。

不丟，難道真的要穿嗎？

林修時嚥了口唾沫，覺得自己就像是落進了陷阱裡的獵物。

霍珣走到林修時跟前，手指落在他的衣襬上。「我幫你換上。剛變成人的貓妖，一定不懂該如何穿裙子吧？」

林修時忍不住懷疑起霍珣。

難道霍珣沒被他騙到嗎？難道他識破了自己不是貓妖而是人類，所以反過來捉弄他？

可是抬起頭，看到霍珣那不帶一絲惡意的雙眸，和旁人根本欣賞不到的笑容時，林修時又不確定了。

他可是霍珣，超稀有的S級哨兵，是屬於帝國的戰士，犯得著犧牲美色和時間來捉弄我嗎？

但是如果他不是在捉弄我，為什麼要買裙子給我？

啊……好像有句話是這麼說的：送情人衣服，是為了親手再把衣服脫下來。

臉蛋又燒了起來。

打住打住打住！我又不是霍珣的情人！我只是他撿回家的「貓」而已！

林修時傻愣愣地站著，等他回過神時，已經被霍珣扒掉了T恤和褲子，全身赤裸著，只剩一條破洞的內褲。

果然是粉色的。

小巧的乳尖近在眼前，冷不防地暴露在微涼空氣中；它敏感地挺立了起來，只要張口，就能將它含入嘴中，嘗到它的味道。

窩在精神領域中的黑蛇激動地嘶嘶直叫，霍珣卻後退了半步。

他撐開吊帶裙，幫傻眼的林修時套上。

裙子的剪裁很性感，純棉的白裙上點綴了數朵蕾絲花，看上去純淨又清涼。長過膝蓋的裙襬恰好遮住了貓尾巴，讓它可以在裙子裡面自由地擺動。

「很可愛。」霍珣微笑道。和林修時在一起的這兩天，稱讚他「可愛」快成為了霍珣的口頭禪。

「怎麼、可能可愛！你別騙、騙我了！」低著頭，任由瀏海遮住紅到猶如要滴血的臉龐，林修時顫抖地握緊拳頭。

他可是男人！

是身高有一七八，為了穿好西裝特地去練了腹肌和形體的男人！

為什麼他拚盡全力做到最好，想要以最好的姿態出現在霍珣的面前，但最終……他總是在失敗呢？

為什麼哪怕變成了一隻貓，他仍然是那麼的狼狽呢？

一瞬間，林修時有了逃跑的衝動。逃到不會被霍珣看到的角落裡，變成哪怕穿著裙子也不會暴露醜態的黑足貓。

事實上，他也這麼做了。

身體在霍珣的注視下迅速縮小，變回小貓的姿態，林修時裹著可以做毯子的長裙拔腿就跑。

笑眸轉為驚愕，霍珣趕緊追上去。

然而四腿奔跑的貓實在太靈活了，霍珣只慢了一步，就瞧不見牠的身影了。走廊裡只剩下被林修時拋下的長裙和內褲，示意霍珣，牠曾經來過這裡。

「蘭克斯。」面對悄無聲息的家，霍珣低聲呼喚。

黑曼巴蛇應聲在他腳邊凝結。

「感應林的氣息。」

「嘶嘶……」【找到牠，我可以吃掉牠嗎？】

「不行。」

「嘶！」【小氣的男人！】

尾巴不爽地打了下霍珣的腳踝，黑曼巴蛇扭動身體，鑽入家中深處……

臥槽？

臥槽！我居然還能變回貓？我現在究竟算是個什麼玩意兒？

躲進三樓天臺的草叢裡，林修時藉著朦朧的月色來回審視自己的貓爪子。震驚完全取代了穿裙子的羞恥感。

那我還能變回人嗎？

林修時在心裡反覆默念「變回去」。眼前的貓爪子沒有絲毫變化。

「嘶嘶。」困惑間，熟悉的蛇游到了林修時的身後。黑曼巴蛇熟練地纏住了他的後腳爪。林修時連蹬了兩腳，都沒能把牠踹掉。

不一會兒，霍珣就找了過來。

「對不起。」蹲在林修時的跟前，霍珣輕聲說。

我是貓，聽不懂你在說什麼。

林修時不抬頭看霍珣，只是冷漠地甩甩尾巴。

「需要我穿上裙子來道歉嗎？」

不想看，刺眼。

林修時擺擺尾巴，依然不搭理霍珣。

「或者我和蘭克斯一起穿裙子？」

「喵嗚！」都說不想看了！

林修時不爽地衝著霍珣低吼。

沉默時能夠壓制住的脾氣，一旦發出聲響，看到正擔憂地凝視自己的霍珣後，委屈就布滿憤怒……一堆情緒就像決堤的洪水般湧了出來。

「喵喵喵喵！」我又不是真的貓，為什麼要買裙子給我穿！

「喵喵！喵喵喵！」為什麼總是捉弄我！你是故意想要看我出醜嗎！

「喵喵喵喵！喵喵喵！」精神領域不正常你要去醫院看病啊！你看你都把自己憋成了什麼色鬼樣！

「喵喵喵！」你以前的優雅去哪了！

「喵喵喵！」等你以後清醒了，你肯定會後悔死的！

林修時喵喵狂叫。正因為霍珣聽不懂貓語，他才能毫無保留地控訴。

霍珣安靜地聆聽著。直到林修時不再叫了，他才開口：「你在和我表白嗎？」

林修時一愣，當即炸開了毛。「喵！」才沒有！

「你說要做我的伴侶嗎？」

「喵喵！」胡扯！

「我同意了。」

「喵！喵喵！喵喵喵！」可惡！故意占我便宜嗎！你太無恥了！

「貓衣服都是裙裝，我不知道你變成人後會那麼抗拒穿裙子。」霍珣抱起怒目圓瞪的林修時。「褲子會擋著尾巴，我不想讓你難受。而且你穿裙子很可愛。真的。你就當我是情人眼裡出西施吧。」

「喵喵喵！」放我下來！

「你再穿一會兒裙子，我應該就要硬了。」

啊啊啊啊啊——住嘴！禁止開黃腔！

林修時奮力掙扎著。

只要亮出黑足貓最引以為傲的利爪，就一定能抓破霍珣的手、重獲自由，可是林修時就是把它們縮在肉墊裡。

縮著指甲的貓爪子就是個軟墊，落在霍珣身上，不痛不癢，讓他更加肆無忌憚地將林修時抱入懷中，手指挑逗般地輕撓他的下巴。

啊……糟糕……好舒服……

「……呼、呼嚕、呼嚕呼嚕……」貓的脾氣難以捉摸，身體卻很好揉搓。哪怕是第一次養貓的霍珣，也在短暫的相處中找到了讓林修時舒服的手法。

「原諒我好嗎，林？」

「呼嚕呼嚕呼嚕……」繼續摸，摸一天的話就原諒你。

雙眼瞇成兩條線，林修時癱軟在霍珣的懷中，不爭氣地想道。

蘭克斯游到霍珣的肩頭，看著他懷中一臉滿足樣的黑足貓，小心翼翼地舔了舔牠的額頭。

溼濡又冰涼的觸感落在昏昏沉沉的頭上，就像酷暑中的一縷涼風，令人舒暢。林修時本能地昂首，追逐起對方的舌頭。

「嘶嘶嘶！」【牠牠牠牠牠──回應我了！】

生怕嚇到林修時，蘭克斯壓抑著尖叫，絲毫沒有作為最毒眼鏡蛇的尊嚴。

霍珣斜睥一瞥想要再舔林修時的蘭克斯，一言不發地將牠收回了精神領域。

【你幹什麼啊，霍珣！快放我出來！你連精神體的醋都吃嗎！】蘭克斯抓狂地控訴。

誕生至今，牠第一次透徹地感受到了霍珣的小心眼。

這就是找到伴侶後的男人嗎？

明明是牠先來的！

熟練地屏蔽蘭克斯的聲音，任由牠在精神領域中暴走，霍珣抱起打起呼嚕的林修時，逕直離開露臺，走回到二樓。

「今天你想睡在哪？」站在走廊裡，霍珣問懷裡的小貓。「變回人，我幫你整理客房。不變回去，就跟我睡，好嗎？」

身體眷戀著霍珣的撫摸和溫暖的體溫，林修時抬頭看看走廊上那些緊閉的房門，又看看不著一物的身體——這時候怎麼可能變回人呢？

林修時癱回到霍珣懷中，意猶未盡地昂首頂頂他的手掌。

「喵。」繼續摸。

「呵呵……」忍不住輕笑出聲，霍珣抱著林修時走進自己的臥室。

第五話
他只渴望著你。

之後的三天，林修時都維持著黑足貓的姿態，懶洋洋地趴在霍珣的枕頭上。

不是他不想變回人，而是他不知道變回去的方法。

他嘗試過用精神力檢查身體、向天虔誠禱告、用貓爪子在地上畫魔法陣……全都沒用。

霍珣以為林修時是在生他的氣才不變成人，為了討林修時開心，霍珣變著法子送東西給他。

林修時沒法做飯，又抗拒吃貓糧，霍珣直接找來了酒店大廚。

每到吃飯時間，大廚都會帶著新鮮食材，準時出現在庭院裡烹飪，然後霍珣再將餐盤裡的食物切成小貓嘴巴能夠容納的大小，一口一口地餵給林修時。

「喵喵！」我可以自己吃，你不要餵我！

「不想被我餵，就變回人。」

「……啊嗚！」林修時選擇張嘴被餵。

林修時不喜歡穿裙子，霍珣乾脆聯絡設計師連夜趕出訂製內衣和衣服。褲子在尾椎處特地剪裁了一個洞，並且在洞的邊緣處做了收邊，尾巴可以穿過衣服，還不會被磨痛。

「不試試衣服是否合身嗎？」

「喵。」改天吧。

生怕林修時無聊，霍珣買了很多貓咪喜歡的玩具。

有貓薄荷做的塑膠球、木天蓼小棒、電子小老鼠、貓抓板……天知道林修時花了多大的毅力，才沒有讓自己順從貓咪的本能，沉迷在這些東西上。

尤其是貓薄荷和木天蓼……這兩樣東西簡直堪比人類世界的菸酒！

林修時只是不慎咬了一口，整個大腦就如同喝醉了一般，昏昏沉沉得無法思考，而心情卻詭異得愉快，讓他克制不住地呼嚕嚕。

他被霍珣趁機揉了好半天肚子。

可惡！這是他絕對不能再沾染的罪惡！

林修時絕對不會承認，被霍珣寬厚又溫暖的手揉肚子真的好舒服，舒服到他甚至忍不住伸出舌頭舔了舔霍珣的手指……他絕對不會承認！

為了擺脫玩具的控制，林修時把它們統統都丟進了垃圾桶裡，轉而趴到了霍珣的平板電腦上。

「喵喵喵！」給我這個！我要玩這個！

被小貓「真摯」的目光看著，被奶聲奶氣的貓叫包圍，再心狠的硬漢都會折服。

更何況是霍珣。

霍珣把林修時和平板電腦都抱到腿上，興致高昂地說：「變成人吧，林。我教你學字好嗎？」

「喵。」懶得學。

林修時拿貓爪子在系統內建的畫板上亂畫，就是不想認字。

霍珣只好作罷。

等晚上趁霍珣睡後，林修時才悄悄地用貓爪子敲著觸控式鍵盤，查詢了自己的名字和最近的地方新聞。

很遺憾，他翻遍了網頁，也沒有找到和自己有關的消息。

他轉而隱身登錄上自己的工作帳號。

一登進去，幾十條消息「叮叮叮」地彈了出來，嚇得林修時趕緊關了音量——對於沒朋友、沒家長的林修時來說，平日其實很少會有人發消息給他。

林修時看了眼聊天列表，除了一條來自帝國軍醫院，人事通知他一定要在週二前到職，因為週二會有很重要的人會來看診外，其他的都是私立醫院的同事發來的。

護理師夏小姐詢問他週五怎麼無故缺席，是不是身體不舒服。林修時早就知道她對自己有些好感，只是他從沒想過要回應。

同期的A級哨兵王醫生表示，今天來找林修時看診的哨兵都很生氣。王醫生暫時替他代了班，要林修時看到消息後好好和自己的病人道歉。

很可惜，林修時向來注重醫患間的距離，無論來看診的哨兵有多黏人，他都沒有和他們交換過聯絡方式。

他是不可能跟他們道歉了。他也沒辦法跟他們道歉。

怕嚇到他們。

醫院的人事發給他的消息最多，都是催促他快去人事辦公室做離職交接；遲遲等不到他的人事最後發來了困惑的問句：林醫生，難道你改變主意不想走了嗎？

主意是不可能改變的，這輩子都不可能。帝國軍醫院始終都是林修時心中的白月光，哪怕它曾經將林修時拒之門外。

默默地看完所有的消息，林修時心中滿是困惑。

太奇怪了。

他被車撞的地方就在醫院附近，周邊又是居民區，就算是下雨天，街上也不可能一晚上都沒人路過。

為什麼沒人發現他出了車禍呢？

難道肇事者逃走了，還帶走了他的身體……毀屍滅跡？

林修時倒吸了一口冷氣。

希望同事們能盡快發現我失蹤，報警搜查我的下落……畢竟身為貓貓的林修時是不可能去報警的。萬一他們查到收養他的霍珣身上就糟了。

霍珣是隸屬於帝國軍的哨兵，身上沾染任何嫌疑，都可能滾雪球成很大的麻煩。

沮喪地長嘆一口氣，林修時清除所有查詢記錄，趴回到霍珣的床上。

霍珣的房間整體配色超級冷感風，只有黑白灰三色。

林修時住進來後，霸占了床上的一個枕頭作為他每天睡覺的窩。

比起沙發抱枕，林修時還是比較滿意枕頭的鬆軟度的。

第二天，林修時一睜開眼睛，就看到霍珣拿著一個更軟、更蓬鬆，表面都是珊瑚絨的新枕頭站在床邊，期待地看著他。

新枕頭是粉色的，無論是材質還是顏色，都和霍珣這冷感的房間風格不搭。偏偏它被霍珣本人放在了房間最醒目的床上。

「我聽說貓都喜歡珊瑚絨，你試試？」

「喵？」我和一般的貓能一樣嗎？

林修時嫌棄地用爪子戳了戳新買來的粉色枕頭，爪子隨即被毛茸茸的枕面包裹。

「喵！喵喵喵！」臥槽！珊瑚絨的枕頭手感這麼舒服的嗎！

林修時難以置信地大叫，身體不能自控地滾到了枕頭上。

「呼嚕，呼嚕呼嚕……」可惡，我好喜歡……

「你喜歡就好。」霍珣摸摸林修時的頭。「能變回人，獎勵我嗎？」

沉迷在珊瑚絨包裹中的林修時無暇理會霍珣說了什麼。

身旁的人輕嘆一口氣，將林修時連同抱枕一起抱入懷中。「一會兒我有事要出門，你在家等我回來。」

林修時困惑地歪頭，賞給霍珣一個眼神。「喵？」去哪？

「我生病了，林。」將臉埋進林修時背部的絨毛裡，霍珣說：「所以要去看病的地方治療。」

霍珣的呼吸穿過毛髮，吐落在敏感的肌膚上，林修時極力克制，才沒讓自己炸開毛來驅趕走他。

你的確病得不輕，才會對我不加收斂。

對不起……光享受著你對我好，忽視了你的身體。

林修時備感愧疚，貓爪子捧住霍珣的臉蛋。

他想探出精神觸鬚檢查霍珣的精神領域，但是對方先一步避開了。「不要浪費你的妖力。你好不容易才修成人。多存點力氣早些變成人。我的病可以讓醫生看，聽說今天會有一個很特別的醫生來，也許能幫到我。」

「喵喵喵！」再特別的醫生，都不可能有我厲害！

「別擔心，醫院不是危險的地方。順利的話，兩個小時後我就回來。」霍珣拿起床頭的電子鬧鐘。「現在是週二下午一點。兩個小時後就是三點。」手指在鬧鐘上畫了兩次「3」。「乖乖等我好嗎，林？」

「喵……」明明你都有我了，還要去找別的嚮導……

林修時莫名沮喪地垂下耳朵。

他想要做霍珣的嚮導，但他知道自己不能任性。

霍珣的精神領域狀況很糟糕，當時林修時是透支了精神力才安撫住他……霍珣需要更高等級的嚮導。

S級的哨兵，需要搭配S級的嚮導。教科書上都是這麼說的。

林修時只是個自不量力的B級嚮導罷了。

以為林修時是在為自己的離開而失落，霍珣將電子鬧鐘輕輕地放到牠的枕頭旁，然後起身走入衣帽間。

不一會兒，他換上了一套深灰色西裝走了出來。

在家隨意散著的瀏海被精心梳到了腦後，噴上了髮膠，露出深邃如雕塑的五官。淡淡的雪松香縈繞在霍珣周身，為他籠上了一層寒意。

霍珣變回了林修時熟悉的、充滿疏離感的姿態。

一瞬間，林修時產生了一種難以言喻的錯覺，彷彿過去的幾天，那個會對他笑、會溫柔地撫摸他的人並不是真的霍珣，他只是林修時臆想出來的幻影。

「怎麼了？看傻眼了嗎？」扭頭瞧見瞪大眼的林修時，他黑眸彎成兩輪月牙。

啊……不是錯覺。

會對他笑的霍珣也是真的。

「再看我就要親你了。」

「！」

心跳驟然加快，林修時竟產生了一絲期待。

在他專注的凝視下，溫柔的吻如雪花一般落在額頭；沒有停留超過一秒，霍珣就迅速離開。

「我走了，林。」

「喵喵！」你快去快回！

林修時端坐在枕頭上，目送霍珣走出臥室。

兩個小時很快就會過去了。

摸摸彷彿保留著脣瓣溫度的額頭，林修時傻笑著蜷起身體。

他盯著電子鬧鐘上一秒一秒遞增的數位，對霍珣的思念也隨之一秒一秒地增加。

明明幾天前霍珣離開時，他還不是這樣的。

明明他們才分開了幾分鐘。

林修時煩躁地直搖尾巴。

一點四十五分……

兩點！

兩點零一分、兩點零二分、兩點零三分、兩點零四分……

兩點五十九分、三點！

時鐘緩慢地跳轉到了霍珣和林修時約定回家的時間，但是他並沒有回來。

林修時跑到臥室窗臺上俯瞰樓下的街道。街上空蕩蕩的，沒有誰的身影。

治療過程不順利嗎？

的確，霍珣的精神領域不是兩個小時就能安撫住的。

林修時按捺住焦躁的心，趴在窗邊繼續默數時間。

四個小時過去後，林修時開始感到不安。

為什麼霍珣還不回來？是治療出了問題嗎？

還是……他康復了？因為想起家裡有個來路不明的「貓妖」占了自己的便宜，所以不想回來？

林修時在霍珣的房間裡來回踱步，克制不住地胡思亂想著。

他沒想到這一等，居然就等到了深夜，空曠的住宅區才駛入了一輛私家車。

「喵！」總算回來了！

林修時跳下窗，激動地往大門方向衝。

「喵喵喵！」你知道我有多擔心嗎！

「咦？老大家裡怎麼有貓？」

回應林修時的是一個陌生的男聲。

「喵唔！」你是誰！

林修時弓起身體，擺出警惕的進攻姿態面朝門口的陌生男子。準確地說，是一個陌生的哨兵。

他的身高也超過了一百九，扶著昏睡的霍珣一同站在門口，顯得家門都有著狹窄了。

「老大的貓居然有點可愛啊！」對方驚訝地感嘆，絲毫不把林修時的示威放在眼裡。他指指霍珣，問：「知道你家主人的臥室在哪嗎？」

「喵嗚！」我為什麼要告訴你！

「你家主人睡著了，我負責送他回來。你要是不告訴我他的臥室在那，我就只能把他丟地上嘍！」

「喵……」林修時左右為難。

他不希望霍珣的臥室混入第三個人的氣味，可是如果對方把霍珣放到地上，林修時是不可能用這細短的貓爪帶他躺到床上去的。

貓眼委屈地瞥了眼靠在陌生男子肩膀上、垂眸靜靜沉睡的霍珣，林修時收起了爪子。

「喵！」跟我走。

男人本想逗逗林修時，誰知小貓真的要幫自己帶路。見自己不跟上，還特地停下來對自己喵喵直叫，他驚喜地讚嘆：「不愧是老大養的貓，智商也比別的貓高啊。」

「喵！」少廢話，你還走不走了！

「你別生氣，我這就帶他過來。」

感受到林修時又齜牙咧嘴起來，男人趕緊扶好霍珣，跟著小貓爬上二樓，進入霍珣的房間。

「你家主人生病了，你要好好照顧他哦！我明天晚些再來看你們。」

「喵喵喵！」少廢話，快走！

見男人安置好霍珣，林修時不給對方一秒休息的時間，再度炸開毛，對著男人齜牙咧嘴起來。

「好凶的貓啊……」

「喵嗚——」我來咬你了！

林修時邁開腿，凶神惡煞地朝男人衝去。

「臥槽！別別別，我這就走，你別咬我！」舉手擺出投降的姿勢，男人被林修時追著跑出了霍珣的家。

很好！

見對方驅車離開別墅區，小貓這才滿意地豎起尾巴。

他邁著小腿爬回到二樓，趴到霍珣的身旁。

哨兵的五感十分發達，稍有風吹草動就會驚醒。想要熟睡，不被周遭聲響異動吵醒，哨兵就只能服用安眠藥。

林修時記得上週霍珣精神領域失控時，他就吃了安眠藥。

利用睡眠拘束住可能暴走的身體，將精神領域鎖住，然後靠毅力恢復平靜，這是緊急狀況下哨兵的自救手段。一般處境下，沒有嚮導會贊成哨兵那麼做。

林修時不清楚霍珣去了一趟醫院，為什麼不是神清氣爽地回來，而是又吃了安眠藥。

他困惑地將貓爪子打在霍珣的額頭，閉上眼，探出精神觸鬚——

「喵嗚！」

下一秒，林修時驚恐地尖叫著睜開眼睛，脆弱的貓鼻腔再次淌出了血，一滴一滴落到床單上。

他的精神領域怎麼會……變得比上週還要瘋狂！

醫院的嚮導對他做了什麼？

大腦如同被針扎了般刺痛不已，林修時焦急地在霍珣身旁來回踱步。

通常來說，哨兵只要接受嚮導的安撫，精神領域就會恢復正常。但是在哨兵神志不清、潛意識抗拒被治療時，嚮導若是將精神觸鬚探入對方的精神領域，只會引發哨兵本能的自我防禦狀態，加劇精神領域的狂暴——只為了攪碎被他視為威脅的精神觸鬚。

就像剛才。

林修時低頭看向被斬斷了觸鬚的貓爪子。

林修時勇於挑戰不可能，但身為醫生，他清楚地知道自己的極限。

貓身實在太小了，林修時無法使用過往的經驗釋放出大量的精神觸鬚。他沒有信心能治療眼前的霍珣。

但要是放棄治療霍珣……

如果霍珣醒不過來怎麼辦？

如果霍珣醒來了，但是精神領域還在崩潰怎麼辦？

他不是說去見一個特別的嚮導嗎？為什麼對方沒有治好他，就讓他回來呢！

他不是S級哨兵嗎？不是應該值得帝國獻出一切來守護的戰士嗎？

林修時曾親見過一例因嚮導失誤，導致哨兵精神領域崩潰的狀況。那天林修時恰好在門口簽收快遞，所以他看到了被蒙住了面部、束縛在擔架上，由四名警衛協力抬進醫院的哨兵。

他就像隻原始的野獸，放縱一切地嘶吼著、掙扎著，企圖撕裂所有拘束住他的存在。

只消一眼，林修時就被嚇得雙腳無法動彈，回家連作了好幾個惡夢。

此時，大腦擅自將記憶中的哨兵替換成了霍珣。想像出他失控地狼狽掙扎的模樣後，恐懼變成了難以言喻的無力和後悔。

如果他那天沒有變成貓就好了。

如果他還是人，那他就可以天天照顧霍珣了。

今天他也肯定不會讓霍珣出門的，那他的精神領域就不會被其他嚮導弄得亂七八糟。

那是我好不容易才安撫下來的精神領域，我就不應該讓給其他人。

我……得變回去！

沒錯，變回人，也許我還有辦法治療霍珣。

如同在混亂的思緒中找到了一條通往出口的繩索，林修時急忙抓住它，拚命地往上攀爬。

拜託了，讓我變回去吧。

就算讓我以後只能在霍珣面前做個穿裙子的貓妖也可以。

我不會再逃跑了，拜託……拜託了！

強烈的渴望充斥大腦，占據所有的意識，在他虔誠而急迫的覺悟下，奇妙的拉伸感迅速蔓延至全身。

身體竟在剎那間又恢復了人形，只保留了貓耳朵和尾巴。

林修時赤裸地坐在床上，驚喜地看著白皙修長的雙手。「真的變回來了……太好了！」

他趕緊坐到霍珣身上，張開十指，插入他兩鬢的碎髮中。

然而變成人，並沒有提高林修時的成功率。他的精神觸鬚再一次被狂風斬斷，沒能在霍珣的精神領域中停留超過一秒。

不過接連兩次的失敗讓林修時注意到了另一個細節——上一次，霍珣的精神領域雖然狂風亂作，但好歹有光，林修時能夠一眼就找到處於旋風中央的霍珣。這次，霍珣的精神領域內一片漆黑，就像是一個黑洞，吞噬了所有的光。

狂風在伸手不見五指的黑暗中呼嘯，林修時找不到霍珣的蹤跡。

很顯然，是霍珣將自我藏了起來。

他不想被闖入的嚮導找到自己。

倘若找不到霍珣，林修時即便能在精神領域駐足，也沒法治療他，甚至還會徒增精神領域的警戒度，讓情形變得更糟。

林修時抿緊雙唇。

視線落在了霍珣的脣瓣上。

非常時期，只能採取非常手段。

反正大家的初吻都沒有了，再親一次、兩次，都沒有什麼差別吧？

況且救人的吻，就和人工呼吸一樣純潔！

林修時用力地嚥下唾沫。

自我說服後，林修時伸出舌尖，試探地撬開霍珣的脣瓣和牙關，鑽入對方溫暖的口腔裡。

沉睡的霍珣不會回應林修時。他只能自學著捲住對方的舌，與自己的糾纏在一起，靠吻連接精神觸鬚。

這次，林修時終於沒有一進入霍珣的精神領域就被驅逐出境了。

霍珣的靈魂體顯現在林修時眼前。

附著在靈魂體上的黑紅色霧氣更加濃重了，它扭曲成蛇鱗花紋狀，讓本該呈純白發光體的靈魂變成猶如恐怖鬼怪般的姿態。

「臥槽！」林修時毫無防備地被嚇了一大跳，猛地坐直了身體。

他這才發現自己正跨坐在霍珣的靈魂體上。兩人的姿勢與現實中的一模一樣。

誤以為林修時要逃跑，黑紅色的靈魂體張開雙臂，將他重新按入自己懷中。

「你終於來了，林。」漆黑的靈魂體睜著血紅色的眼睛，語氣眷戀地親了親林修時的額頭。「我又是在作夢嗎？」

不同於現實中溼濡、滑膩、柔軟的觸感，靈魂體間的接吻是一種奇妙的融合感，就像是兩團氣體相交，共用彼此的能量一般。

霍珣因此感受到了來自林修時靈魂體內純淨的溫暖，而林修時感受到了來自霍珣的溼冷與混沌。

「是我，你沒在作夢。」況且靈魂體怎麼可能作夢呢！

忍住想要推開霍珣的衝動，林修時回抱住他，釋放出更多蘊藏在靈魂中的精神力量。「接受我的力量，讓我幫你康復。」

純白的光芒從林修時身上溢出，緩緩地流向霍珣，融入他布滿蛇鱗的漆黑身軀中。

一瞬間，霍珣有了種被洗滌、淨化的感覺。

但是，不夠……還遠遠不夠！他需要更多來自對方的光輝，他渴望進入對方身體裡，和對方真正地融為一體。

擁抱著林修時的手指游移到臂部，握住了柔軟的臂瓣。他知道，那兒還有一個能容納他的入口。

與此同時，趴在霍珣身上的林修時感覺到有什麼堅硬、冰涼的東西抵在了他的臀縫處。

「雖然我不是在作夢，但我可以對你做夢裡的事嗎？」

「什麼？」林修時想回頭去看，只是唇瓣和舌頭被霍珣的靈魂體緊緊絞住了。

與此同時，男人的手指沿著股縫，拉扯開了藏匿在臀瓣中的小穴。淫冷的黑氣舔舐著小穴口，林修時頓時產生了不妙的預感。

他掙扎著推開對方。「放、放開！」

「不放，你是我的。不能放。」偏執的話語縈繞在耳畔，霍珣扶著黑漆漆的硬挺之物挪到小穴處，用力一挺——性器順勢整根刺入林修時的靈魂中！

「唔！」涼意鑽入體內，林修時猛打了個哆嗦。

肉棒被純白的靈魂吞入體內，緊密的包裹住，附著在上面的黑濁之氣在林修時體內如雪般慢慢消融，霍珣滿足地長舒了口氣。「好溫暖……林的身體……和夢裡不一樣……」

為了榨取出更多林修時體內蘊含的光，霍珣握住他的腰，奮力地往上頂抽插起來。「唔……喜歡……林，好喜歡……一直、一直都好喜歡。」

「啊、啊啊、哈啊……啊！」靈魂被黑紅的靈魂體狠狠操弄，冰冷的性器褪去渾濁後變回灼熱。

身為處男，林修時哪受得住這忽冷忽熱的刺激！

他尖叫著秒射了出來。

靈魂的精液也是純白的光，富含精神力量。它灑落在霍珣的腹部，輕而易舉地融化了身軀表面的蛇鱗紋。

「你果然是最棒的，林……」霍珣喃喃著，一邊吮吸著林修時的頸窩，一邊更用力地撞擊起林修時的小穴。「再多給我一些，把全部都給我。」

「啊、啊唔……哈啊……呃！」思緒在高潮後揉成了一團白光，林修時放縱地呻吟著，唾液沿著合不攏的嘴巴往下淌，被霍珣仔細地舔舐乾淨。

彷彿瓊漿蜜液一般。

這就是哨兵和嚮導的「靈魂神交」嗎？林修時曾在教科書上看到過這個詞。它指的是哨兵和嚮導在精神領域中，以靈魂狀態做愛。

因為靈魂不會受到肉體的制約，沒有疼痛和常理，因此它能夠帶來超脫於肉體的興奮和愉悅，令人沉浸在靈魂交融的狀態下，不知疲憊。

就像現在。

現實中需要擴張的後穴，在靈魂狀態下可以輕鬆地容納下同為靈魂的性器。射精後的身體只有攀上高頂的愉悅，沒有精疲力盡的疲憊。

意識本能地追尋著快樂，林修時不由自主地配合起霍珣的節奏，不斷起伏搖曳。

林修時不知道自己在精神領域中被霍珣榨取了多久，才將他漆黑的靈魂洗滌回純白。

如果這是真實的性愛，林修時或許就要精盡人亡了。

而霍珣的靈魂體直到身軀回歸潔淨，才終於將富含著精神力的光芒注入到林修時的體內，填滿被他操到輕盈鬆散的靈魂體，從靈魂深處刻入他的氣息。

林修時的意識順著這股精神力，恍恍惚惚地回到現實。

他覺得自己就像一攤融化的奶油，軟趴趴地躺在霍珣的身上、無法動彈。

對了！霍珣他怎麼樣了！

林修時連忙抬頭看他——視線隨即撞入明亮的黑瞳之中，那眼眸裡蘊含的笑意宛如糖漿，包裹住了他。

「你又為我變成人了。」霍珣溫柔而篤定地說，雙手落在林修時的臂部。

「還用這裡治療了我。」

他壞心眼地捏了下。

「呃！」肉體遠比靈魂體敏感得多，林修時被屁股上的手燙得頭皮發麻，本能地想要離開霍珣的懷抱。

「別走。」對方的手宛如鐐銬，將林修時牢牢地拘束在懷裡。

耳朵燒得通紅，林修時顫聲說：「你先放、放開我……我可以解釋！」

「不需要解釋。」霍珣握住林修時的後腦杓，按著他低頭與自己舌吻。

「唔唔、唔……哈啊、唔！」

霍珣的吻總是那麼霸道，不允許林修時與他有絲毫分開。

來不及嚥下的唾液全被霍珣捲走，林修時總有種他要把他的舌頭、他的靈魂也一同吸走的錯覺。

雙眼蒙上淚花，林修時缺氧得不斷拿手和貓尾巴拍打霍珣。「唔唔！我、唔……快嗯、不能……唔、呼吸唔！」

霍珣這才捨不得地放開被他吮吸到紅腫的雙唇。「乖，用鼻子呼吸。」他邊說著話，邊舔舐林修時脣瓣表面的蜜液。「張開嘴，我教你……」

「不要！」抬手擋住對方的嘴，林修時惱羞成怒地瞪了他一眼。「你怎麼亂親人呢！」

「是你趁我睡覺，先親我的。我只是禮尚往來。」

「我那時急著要救你，不得已才親的！」聽霍珣將精神紊亂用睡覺含糊替代，林修時當即就生氣了。「你不是去醫院看病嗎，怎麼非但沒看好，精神狀態反而更亂了？」

「這事說來話長……」

「那你就慢慢說！」

「這個狀態下嗎？」霍珣挺了下腰，鼓起的襠部輕撞了下身上的林修時。

林修時這才想起來自己變成人後什麼都沒穿。赤身裸體的他和身下穿著訂製西裝、一絲不苟的霍珣簡直形成鮮明對比。

一眼看去，簡直就像林修時脫光了偷爬霍珣的床，勾引他似的。

林修時臉燙得快要冒煙了。

他瞄了眼床上的被子，天知道他有多想鑽進被子裡裹住身體。

但那麼做的話，他的氣勢就會立刻敗下陣來。

認定了輸什麼都不能輸氣勢，林修時坐直身體，理直氣壯地說：「大家都是男……不對，公、雄的！你有的我也有！不穿怎麼了！」

「你說得對。」霍珣點點頭，抬手解起襯衫扣子。「你讓我看了你的，我也想讓你看我的。」

「你你你你你──你給我清醒一點！」林修時抓狂地按住霍珣脫了一半的手。「你生病後對誰都這樣嗎！」

你今天去看嚮導時，也和對方說這樣的話嗎？

難言的失落感爬上心頭。

不明白滿臉通紅的小貓為什麼忽然垂下了耳朵，露出一副沮喪的樣子，霍珣捧住他的臉蛋，柔聲說：「我只對你這樣。林，我喜歡你。」

「……欸？」貓耳朵瞬間豎起，林修時以為自己產生了幻聽。「你說什麼？」

「我說，我只對你產生性慾。」

「下一句！」

「我喜歡你。」

「你喜歡我？」

「對啊，我喜歡你。喜歡到想要親吻你、占有你、讓你做我的伴侶，對你說好多好多色情的話，做好多親密的事，不只是靈魂神交。」捧著林修時臉蛋的手指輕撫過對方溼潤的眼角，霍珣輕笑。「你表情怎麼那麼驚訝？我又不是第一次和你表白。」

「你什麼時候跟我表白過？」林修時一臉狀況外地瞪圓眼睛。

霍珣蹙眉。「我不是說過要你做我的伴侶嗎？我對你還有性慾……」

「你腦子混亂時說的話能當真嗎？」

「我清醒後不是說要追求你嗎？你還答應了。」

「你那時腦子是清醒的嗎？」

「……不然呢？」

林修時和霍珣四目相對，都震驚了。

霍珣扶住額頭。「你以為，我是在混亂狀態下，說要追求你？」

「……難道不是嗎？」

「當然不是！」霍珣坐起來，一把握住林修時的肩膀。「從第一眼見到你起，我就喜歡上了你，想讓你當我的伴侶。我對你有慾望，和我精神狀態是否混亂沒有任何關係。不，應該說，哪怕我精神混亂著，我也只允許你靠近我。」

高亢的話聲如暴雨般落入耳中，打得林修時猝不及防。

霍珣喜歡我？

他都不知道我究竟是誰……他怎麼會喜歡我呢？

「因為我是……貓嗎？」林修時愣愣地看著霍珣。「因為我是隻能夠變成人的貓嗎？」

「接你回家的第一天，我去寵物店看過了。我不喜歡貓，我只是喜歡你。無論你是什麼，我都喜歡你。」

「可是……」

我曾經作為人時，你對我就毫無感覺啊。

我們做了十二年的同學，我每天都跟在你的成績後面，每個人談及你，就會提到身為萬年第二名的我。

但那時，你甚至沒有看過我一眼。

林修時無法說出「我是人，不是貓」這件事，也就無法反駁霍珣所謂的「無論你是什麼，我都喜歡你」根本不成立。

見林修時沒有因為自己的告白而高興起來，甚至木訥得彷彿在聽天書，霍珣苦惱地嘆了口氣。

「這些年，我見過很多醫生。但誰都無法安撫我，哪怕是最優秀的S級醫生。」霍珣收攏雙臂，將滿臉糾結的林修時納入懷中。他把臉埋進林修時溫暖的頸窩，用簡單的話語陳述著：「不是他們不能，而是我不想。我的靈魂體抗拒著其他人。哪怕得不到安撫，會令我的狀況變糟。」

第一次見到霍珣的精神領域時，林修時就懷疑過他沒有好好地被嚮導安撫。只是他沒想到，是霍珣的靈魂體抗拒被安撫，才會變成這樣。

「你今天去醫院，也是這樣嗎？」

「是的。」霍珣點點頭。唇瓣一起一伏地落在他頸部，如同輕吻一般。「我的靈魂，自從遇見你後，就一直在等待你。他只渴望著你。」

「你終於來了，林。」

林修時想起了精神領域中，那個布滿黑紅蛇鱗紋、猶如鬼魅一般的靈魂體見到他時的第一句話。

那時他急著幫霍珣治療，沒有細想靈魂體為什麼會這麼對他說。

原來……他一直在等我來治療他嗎？

「我喜歡你。無論是你眼前的我、我的精神體，還是我的靈魂，都愛慕著你。」

細碎的吻沿著脖子一點點往上，輕啄過喉結、下巴、嘴角，最後停在了和它一樣溫暖柔軟的脣瓣前。

「你喜歡我嗎，林？」

「……」

「你其實知道我們人類說的喜歡是什麼意思，對嗎？」

「……」

「你可以為了救我，獻出自己的初吻、容納我的靈魂，為什麼就是不能喜歡我呢？」

「不是的！我沒有不喜歡你！我、我……我是因為喜歡你，才願意為你做這些的！」難以忍受霍珣用那麼悲傷的眼神看著自己，林修時聽著被擾亂的心跳聲，不管不顧地喊了出來。

「是和我一樣的喜歡嗎？」

「是的！」

「你也想和我成為伴侶嗎？」霍珣追問。

林修時用力地點頭。

他喜歡霍珣。

從很早以前，或許是在他想要追趕上霍珣時，或許是在他因霍珣產生了好勝心後，或許是在他意識到自己並不討厭霍珣之前——他就喜歡上了他。
正因為喜歡，所以才會糾結霍珣不喜歡「林修時」，而喜歡「林」這件事。
但他很清楚，林修時是他。林是他。
被霍珣親吻的人也是他。
沒有比「霍珣也喜歡他」更好的結果了。
面對林修時紅到熟透的臉，霍珣湊到他的耳邊輕聲問：「那是想和我做愛的那種喜歡嗎？」
「是、是的！」
「證明給我看。」
「……現在嗎？過、過幾天可以嗎？」
霍珣垂眸：「看來你的喜歡和我的還是不一樣啊……」
「現在！就現在吧！」
無法忍受霍珣露出失落的表情，林修時鼓起勇氣回抱住霍珣。
男人小心翼翼地張開了嘴，獻祭一般的，送上自己的吻。

第六話

幫我生個小貓好嗎？

情慾就像是易燃物，只要觸碰到一點星火，就會熊熊燃燒起來，一發不可收拾。

此時此刻，林修時深刻地體會到了這種感覺。

他剛吻上霍珣，還沒感受到主動帶來的羞恥感，霍珣就攬著他的腰，翻身將他按在了身下。

脣瓣如疾風驟雨般壓了下來，激烈得令林修時睜不開眼睛，也逃脫不了。

「唔、唔唔！」林修時連推了幾次霍珣都沒推動。

霍珣一手按著林修時的後腦杓，不讓他掙脫自己的吻，另一隻手伸到身下，拉開拉鍊，釋放出擠在內褲裡硬得發痛的肉棒。

它筆筆直地戳在了林修時的襠部，隨親吻起起伏伏地挑撥著林修時的性器。同為男人，林修時被撩撥了幾下就有了感覺，裸露在外的性器不自覺地抬起小頭回應霍珣。

霍珣的吻中混入了一聲很淡的笑音，手指沿著人魚線滑到林修時的腰椎處，鑽入股縫間。

「唔！」林修時一顫，瞪大眼睛。「唔、唔唔！」

「怎麼了？」

脣瓣一離開，林修時顧不得喘氣，紅著眼眶忙說：「別直接、直接伸進來……潤、潤滑液……」

「你還知道潤滑液？」修剪得圓潤的手指抵在穴口，惡劣地在邊緣畫圈。「難道『第一次變成人』是騙我的？以前和誰玩過嗎？」

處男哪受得了這種刺激。

感受著乾澀的穴口被指腹反覆摩擦，林修時不適地扭起屁股，想要擺脫手指的蹂躪。「沒有！我只是、唔！只是一隻有常識的貓貓……啊啊！」

「那我可要好好檢查看看。」

威壓降了下來，這次它輕柔地就像一張網，不會傷害到林修時，但能將他牢牢地束縛住，無法再反抗。

霍珣輕而易舉地抬起了林修時的雙腿，架在肩膀上。後腰被抬起，懸在半空中，小小的穴口隨即暴露在了霍珣眼前。「這裡的確太乾了，需要一些潤滑。」

沐浴在他灼熱的目光下，林修時覺得自己就像是被估完價待處理的食材，鋒利的利器就在身下等著撬開他。

「但我沒有潤滑液，怎麼辦呢？」

「買、買一下？」正好我也可以再做一會兒心理準備……林修時打著小算盤。

這點小心思怎麼可能逃得過霍珣的眼睛？脣角笑容不滅，霍珣低頭，伸手墊著林修時的腰部，將他下身直接拉得倒立起來，才肆虐過林修時嘴的脣瓣吻上穴口——

緊接著，又燙又溼的陌生觸感撥開小穴，靈活地鑽入！

「啊！」沸騰的血液統統倒流入腦，林修時驚叫出聲：「不要、不要舔……

「唔、唔啊！」

只被霍珣手指玩弄過一次的小穴敏感得不行，哪受得了舌姦。林修時費盡全力抬起被威壓制約的雙手，放到霍珣埋入他後庭的腦袋上。

手指插入對方的短髮中，沒等林修時推開他，霍珣惡作劇般地忽然加重了威壓。

本該做推開姿勢的手承受不了壓力，抱著霍珣的頭用力往下一按——只在穴內淺淺舔舐的紅舌擦過肉壁，筆直插入深處。

「啊啊！」

眼眶裡都是被激出的淚花，模模糊糊中，林修時看到霍珣抬眸盯住了他，就像蟄伏多時的毒蛇終於衝出來咬住獵物，目光銳利而黏著。

他捧住林修時的臂瓣，舌頭模擬性器抽插起來。

「啊、唔……不、不要，哈啊……不要舌頭……啊啊！唔……」

林修時覺得自己就像塊奶油，原本緊致的小穴被舌頭刺開，在灼熱唾液的潤滑和咕啾咕啾的攪動聲中逐漸軟化。

抱住霍珣的雙手承受不住威壓垂了下去，他只能任由身體被對方托著，隨著舌的節奏蕩漾。

大腦充血得一片空白。

異物感消失後，肉穴鬆軟成了能完美接納舌頭進出的尺寸。小穴來不及吞嚥的唾液在舌頭後退時飛濺出來，沿著臂部順重力往下淌，和皮膚表面滲出的汗液融為一體，在身上劃出一道長長的水痕。

手指不知何時來到了後庭，它勾開還含著紅舌的穴口，強行從縫隙中又擠入兩根。

「好、好痛！」林修時閉眼輕呼。

手指遠比舌頭要更靈活，也更修長。它在軟嫩肉壁內肆意摳挖，擴張的同時將唾液送入更深的深處。於是，藏匿在肉穴深處的敏感點也落入它的狩獵範圍。

「啊啊！」宛若觸電一般，性器頃刻就完全勃起，林修時驚叫著繃直身體。拉伸開的身體順勢撞擊霍珣的面部，將納入後穴的舌頭和手指全部吞入。

「是這裡嗎？」脣角的弧度彎得更明顯了，霍珣抽出舌，看著半身被他抱著、正氣喘吁吁雙目含淚的林修時，指腹在穴內細微凸出的地方輕按了一下。

「啊啊──不要、不要按那裡！」

「可是你明明喜歡。」霍珣加重手指力度，繼續按壓敏感點。

「啊！」

「這個力度可以嗎？要再重點嗎？」

「啊唔！不要、不要再重了！」林修時喘得無法自控，眼淚弄花了臉龐，含不住的口水隨呻吟溢出。「不要再、再按了嗚……」

「說謊的小貓……呵，明明想要得不得了。」霍珣說著，手指離開了敏感點，它插在穴中不動了。

「唔……」

林修時不想承認。

可是他那意猶未盡的表情完全出賣了他。

令他瘋狂的肉穴，現在正一突一突地劇烈跳動，渴望更多的愛撫，渴望更激烈的蹂躪。

順應著渴望，身體不禁輕輕搖動起來，企圖用肉壁摩擦穴內的手指，重新找到敏感點。他這主動的模樣成功地取悅到了霍珣，他沒有再吊著林修時，繼續抽動起手指。

「啊、唔……那裡、那裡……唔……想射、我想射……唔！」

話音未落，精液率先從顫慄不止的肉棒噴湧而出，傾灑在腹部、胸膛，還有林修時糊滿淚花和唾液的臉上。

「哈、哈啊……唔……射、射出來了……」

這幅淫亂到失神的姿態落入霍珣眼中，淡淡的紅光再度籠上黑瞳，圓形的瞳孔竟收縮成細長的豎瞳！

然而沉迷於高潮中的林修時沒有注意到這細微的變化。

霍珣放下架在肩上的雙腿，讓林修時躺回到床上，然後他推開兩腿根部，對準張開小嘴還沒來得及合上的小穴，就著糊滿下身的精液，挺入硬了許久的性器！

「呃唔！」

比手指和舌頭要更粗壯更灼熱更具威力的肉棒撬開身體，無法形容的痠脹感直達更深的體內！

小腹被頂得微微凸起，林修時感覺心臟也被推到了喉嚨，遏制住了喘息。

還處於高潮餘溫中的身體無比敏感，眼淚控制不住地凝結、湧出。不等林修時適應，霍珣已抱住他的腰，奮力抽插。

咕啾咕啾咕啾、咕啾咕啾咕啾……

接連不斷的水聲在兩人的交合處蕩開，溢出的精液被攪出了泡沫，糊在穴口，擋住被操到紅腫起來的肉唇。
「哈啊、啊……啊啊……」糊滿淚花的眼睛只能看見模模糊糊的一些輪廓。林修時看不清在他身體內淺出深入的性器，但他能分辨出對方的大小，粗壯到像根鐵棍。
難以想像，這樣的東西居然能進入到他的身體裡，將他的身體攪爛，彷彿所有的五臟六腑都要融化成黏糊糊的精液。
「慢一點、唔、慢一點……後面、後面，啊、要被操、操爛了……」
「那就操爛吧，哈啊……」霍珣壓下身，捧著林修時意亂情迷的臉，在他耳畔輕吹。「合不攏嘴的話，就可以天天含著我的肉棒睡覺了，一直含到……生出小貓崽。」
「唔……不、不要……生、生不了……唔、我不是母貓……」
「不是母貓，怎麼小穴卻在被我操呢？操到肚子都鼓起來了。」沾滿精液的手輕按了下被肉棒頂出來的小腹。
「呃啊！」林修時本能地弓起身體，性器被掙脫出半截，緊接著他又被霍珣按住肩膀，用力一頂，肉棒整根再度埋入林修時的體內。
「明明就是隻小母貓。」霍珣輕笑。

他就像個毫無仁慈心的暴君，肆意侵略著所及之地。

咕啾咕啾咕啾、咕啾咕啾咕啾……

寂靜的夜晚，屋內只剩下黏稠的水聲、呼吸聲和呻吟，交織在一起，在空氣中「咕啾咕啾咕」地沸騰。

「把我的精液都、唔、吃下去……幫我生個小貓好嗎？」

「呃啊……唔、都說、我……唔、不是、不是母貓，生不……唔！」

霍珣吻住林修時，將他所有的抗拒都堵在脣中，用舌攪碎。

與此同時，肉棒整根釘入最深處，精液如水柱噴湧而出——

「唔唔唔！」尖叫聲被堵在口中，林修時只覺眼前一白，所有的畫面、意識，都被白光吞噬了……

嚮導需要消耗精神力安撫哨兵，治療結束後身體往往處於疲憊狀態需要休息。更不要說兩人的精神體在精神領域中做愛了。

而林修時在現實中甦醒後，又被霍珣按著做了一次愛，導致霍珣在他體內射出來後，他直接被操暈了過去。

之後哪怕霍珣抱著他去浴室，一會兒摳弄他的後穴處理射入的精液，幫紅腫的穴口上藥，一會兒親吻他的臉頰，嬉戲無意識的舌頭，林修時都沒再醒過來。

霍珣躺在林修時身旁，手指摩擦著他哭紅的眼角，不住地回味他被操弄時雙目含淚的可愛模樣。

這一回味就是好幾個小時，天色都在他的凝視下緩緩轉亮。

原來擁有戀人是這麼滿足的感覺嗎？

抱著一個人放縱慾望、說著過分的葷話，放在幾天前的霍珣身上，他肯定不會相信自己會做這些事。

但情感和慾望來得就是那麼突然而猛烈。

等他回過神時，他發現自己已經變成了和過去截然不同的樣子。

【好氣……你們都忘了我！】充盈著滿足的腦內，蘭克斯沮喪的聲音緩緩響起。【你跟林居然在精神領域和現實中都做了……誰都沒發現我不在。】

【蘭克斯？】霍珣一愣，才發現自己居然忽略了牠的存在。

【嘶嘶嘶嘶！見色忘友！可惡！我生氣了！】

【好了，我道歉。但是蘭克斯，你怎麼會安靜那麼久？】蘭克斯是霍珣靈魂的一部分，但性格卻和霍珣很不一樣。

牠不懂克制，又喜歡鬧騰，除非霍珣命令牠不准說話，否則牠絕不可能那麼長時間悄無聲息——尤其是在牠心心念念的「小貓咪」面前。

霍珣這才注意到，在林修時進入他的精神領域時，蘭克斯就沒和他的靈魂體在一起。

【我也不知道嘶……我感覺自己好像被你的靈魂吸收了。嘶嘶，從你抗拒軍醫院那個庸醫進入你精神領域起！】煩躁讓蘭克斯不自覺地嘶鳴了起來。

是從那個時候開始嗎？

霍珣抿緊嘴。

他的精神領域這些年越發不穩定，亟需找到治療方案。

上週，帝國軍醫院特別來信告知霍珣，他們為他特聘了一位嚮導，想試試能不能安撫他。

根據醫院描述，那是一名就職於私立醫院的B級嚮導，但卻能越級治療S級嚮導。他的精神力十分具有包容性和張力，也許能夠抵禦住霍珣精神領域的抗拒。

上將聽到後比霍珣本人還激動，第一時間幫他放了假，命令他回老家等候就醫。

老實說，霍珣並沒有把這件事放在心上。

過去的幾年，帝國軍醫院的醫生他都見過了。每個人的名號都響噹噹，但也都拿霍珣沒辦法。

霍珣不覺得一個B級嚮導就能解決幾十個A級和S級嚮導都無可奈何的事。

尤其是在遇到了林之後，他根本不想為其他的人或事分神，離開他和林的家。更何況林是一隻神奇的小貓，不僅能變成人，還擁有神奇的力量能進入他的精神領域、安撫他的靈魂。

有了林，霍珣再也不需要其他任何人了。各方面都不需要。他的林能滿足他所有的需求，包括他曾經根本沒想過的、肉體上的需求。

可惜，他惹林生氣了。

林變成了小貓，對他愛答不理。

霍珣捨不得讓林用小貓的身軀來治療自己。那小小的身軀光是睡在他身邊，他都擔心自己會不小心壓到牠——

儘管霍珣的睡相很好，基本睡著時是什麼姿勢，醒來後還是什麼姿勢。蘭克斯曾說過，睡著後的他就像是個雕塑。

於是，霍珣接受了帝國軍醫院的邀請，打算去會會那個B級嚮導。

然而出乎意料，那個B級嚮導居然放了他和帝國軍醫院的鴿子，他沒去報到上班，來幫霍珣治療的，變成了另一個新來的S級嚮導。

接下來的一切感受都糟透了。不僅對方的精神力一觸碰到他的精神領域就被彈了出來，他的靈魂居然起了敵對意識——連他自己都沒有意識到，他的靈魂在得到林的安撫後，已經將林視為唯一。

只有林才能觸碰他的靈魂，只有林才有資格治療他，任何企圖取代林的，都會讓他的靈魂陷入暴怒，進而進入攻擊狀態。

S級哨兵一旦開啟攻擊狀態，可是會造成毀滅級別的傷害。

聽著醫院裡刺耳的循環警報聲，霍珣只好忍住頭痛，囫圇吞棗地嚥入過量的安眠藥，將暴怒的靈魂拘束在肉體中。

的確就是那個時候，靈魂的憤怒占據意識，蘭克斯再無聲音。

就像牠說的，彷彿被靈魂吞噬了一般。

直至現在。

【嗚嗚嗚……為什麼我偏偏在林接受你的時候，沒有了意識！】蘭克斯號啕哭訴。

如果牠能再早點醒來，是不是就能分一杯羹呢？

【就算只讓我用尾巴摸摸林也好啊！】蘭克斯嘶嘶直叫。
霍珣從沒聽說有分割出去的精神體會和靈魂再度融合的案例。
沒有人那麼做。也沒有人做得到。
當然，像他這麼抗拒嚮導的治療，抗拒到精神領域紊亂的哨兵也是少數。
垂眸再看酣睡在身旁的男人，霍珣伸手將他攏入懷中。
【這段日子你先別出來了。下次再察覺到不對勁，第一時間聯絡我。好了，我要睡了。你也回去休息吧。】
【……什麼叫這段日子別出來？你就是不想我碰林吧！嘶嘶嘶……可惡！你連我的醋都要吃嗎？喂！不要假裝聽不到我的聲音！喂！喂喂——】
林修時一覺睡到第二天中午，睜開眼就看到霍珣的臉。
他睡在霍珣的懷中，兩個人赤裸地蓋著一條被子，林修時能感覺到有個硬邦邦的東西正戳著他的大腿根部。
昨晚荒淫的記憶瞬間變得清晰，他滿臉通紅地坐了起來。
「痛痛痛……」然後又屁股痛、腰痛地躺了下來。
「哪裡痛？」霍珣睜開眼，手很自然地摸上林修時的腰，又揉又按地滑入股縫。

林修時黑著臉抓住這隻不安分的手。「你夠了哦。」

「我的按摩技巧挺不錯的。」霍珣揚脣，笑得一臉燦爛。

但林修時已經不會再感到驚訝，進而被他騙了。

「你留著按你的小弟弟吧。」林修時把霍珣的手按到晨勃的性器上。「去浴室。」

「一起嗎？」

「我餓了，想去做飯。你記得取消廚師的預約。」

「早上就取消了。你變回來了，我也不想吃別人做的東西。」霍珣舔舔嘴脣，聲音低啞了幾分：「我也餓了，想吃——」

「你只有吃飯，或者繼續餓著這兩個選項。」林修時打斷他。

經過昨晚的透徹「交流」，他對霍珣的腦回路有了新的認知。他才不是什麼外冷內也冷的優等生，而是個外冷內熱的悶騷。只要他不加以克制，什麼虎狼之詞他都說得出來。

繼續裸著，不能保證霍珣會不會再做點什麼！

林修時撐起身體走到衣帽間，挑了套為他訂製的休閒款，一股腦兒地全套上。尾巴終於不用蜷縮在褲子裡，可以自由地伸出來，林修時對著鏡子滿意地晃了晃尾巴。

久違的著衣帶給他莫名的安心感。彷彿他又做回了人類。

衣帽間外，霍珣不著一物地倚靠在門框邊，勃起的性器直指林修時，心情愉悅地欣賞著他的一舉一動。

直到林修時怒瞪向他，他才遺憾地轉去浴室。

聽見浴室響起淅淅瀝瀝的水聲，林修時扶著痠脹的腰走下樓。

第一天來時無比冷淡風的廚房在這幾天有了巨大的改變。

霍珣網購了很多食材，填入冰箱、儲藏櫃等各個角落。唯一的缺點是，他實在沒有整理的天賦，需要冷藏的、冷凍的、常溫的食物都被霍珣丟在一起。

要不是林修時早早地恢復人身，照這種亂糟糟的堆積法，用不了幾天，食材就都得串味、壞掉。

林修時站在冰箱前，糾結著是先做飯還是先整理，門鈴很不是時候地響了起來。

貓耳朵敏感地豎直，林修時扭頭看向大門的方向。

這時候誰會來？

廚師就算沒有取消預約，平日裡來也不會按門鈴。他會直接致電聯絡霍珣。畢竟今天他是不被允許進屋做飯的。

林修時想到昨晚送霍珣回家的哨兵。他好像說今天會再來看霍珣？

林修時小心翼翼地挪到窗口，躲在窗簾後往外瞧——哦豁！果然是他！

短髮哨兵站在門外，神色著急地按著門鈴。

憑藉貓極佳的聽力，林修時聽到他小聲嘀咕：「老大不會還沒醒吧？唔……再過一分鐘要是還沒人開門，我就按備用密碼吧……哎，老大一定會原諒我擅自進他家的！」

生怕對方進屋和自己撞個正著，林修時頓時腰也不痠、屁股也不痛了，他直衝二樓，氣勢洶洶地推開浴室門！

這會兒霍珣已經洗得差不多了，慾望消退了下去，正裹著浴巾擦頭髮。瞧見門口氣喘吁吁的林修時，他先是一愣，而後展顏。「怎麼，還是想和我一起洗嗎？」

「你你你你的朋友來了！就是昨天送你回來的人！他在按門鈴！」林修時就像是熱鍋上的螞蟻，胡亂地比手畫腳。「我不能去開門，但他手裡有大門密碼！」

「你說的人應該是我的部下，陸河。別擔心，他不是壞人。」霍珣按住林修時，安撫地摸摸他腦袋。「你是我的戀人，早晚會認識他的。」

「不要！」林修時想都不想地拒絕了。說完，發覺這話容易引人誤解，他又擺著尾巴，焦躁地解釋：「我不太正常……有耳朵和尾巴，會、會嚇到他的。」

「會被可愛到才對。」

「又不是每個人都像你一樣口味奇怪！」林修時推著霍珣往外走。「總之你快去開門！」

「知道了，知道了。」

樓下，正準備破門而入的部下陸河，看到了自家老大腰間只圍著一圈浴巾，打開了門。

「太好啦，老大！你醒了！」陸河欣喜地大喊。他側身想要進屋，卻發現霍珣擋在門口，絲毫沒有要讓他進去的意思。「怎麼了，老大？」

「人你見到了，還有什麼事嗎？門口說完吧。」

「不是吧！你居然不請我進屋喝杯水嗎？虧我忙完，第一時間就跑來看你欸，老大！」陸河委屈地嚷嚷，見霍珣冷淡的臉上沒有絲毫動容，他只好收斂起浮誇的表情，站直身體，對霍珣比了個標準的軍禮。「報告少將，我有從軍醫院獲得的祕密情報要告知您。懇請您能允許我進屋詳談。」

「……」

這下霍珣沒有拒絕的理由了。銳利的目光如X光，將陸河上下掃描了一遍後，霍珣轉身往客廳方向走。「進來吧。鞋套在鞋櫃第一層。」

「是！」

雖然是第二次進到霍珣家裡，但昨晚急著安置霍珣，又被小貓凶巴巴地盯著，陸河根本沒有留意他的家是什麼樣的。

這會兒踏入屋內，看著堆在客廳裡的貓用品，陸河才終於確定，那隻脾氣超差的小貓是霍珣養的。

他忍不住問：「老大，你家的貓呢？昨天我送你回來時，牠可是盯了我一路呢。我走前，牠還想咬我。」

聽到在自己和蘭克斯面前又軟又慫的小貓居然在別人面前那麼氣勢洶洶，霍珣才板起來的臉隨即露出了一抹寵溺的笑容。

看得陸河連揉了兩下眼睛，還覺得是自己產生了幻覺。

「他怕生，躲起來了。」

「那麼凶的貓還會怕生啊……」陸河滿臉寫著不相信。「我看，牠是只在老大你面前裝乖。」

臭小子，說什麼呢！

林修時趴在二樓樓梯口，才豎起耳朵，就偷聽到了霍珣部下誣蔑自己的話。雙手不禁有些癢，很想恢復成貓爪子，給他兩下。

彷彿感應到了林修時不悅的心情，霍珣收斂起笑，用公事公辦的語氣問：「你從軍醫院獲得的祕密情報是什麼？」

「是關於昨天原計畫幫您看診的B級嚮導的。這是他的履歷。請您過目。」陸河從背包裡拿出一份文件，放在霍珣面前的茶几上。「他叫林修時，原本在遠都私立醫院工作，上個月接受帝國軍醫院的邀請，原定於昨日前到職為您治療。只不過他離奇失蹤了。」

臥……槽？

還有什麼比偷聽時聽到自己的名字，更令人感到震驚的？

林修時想不到他會被帝國軍醫院招去，就是為了給霍珣治病！他更想不到，昨天霍珣就是要去醫院見他！

腦袋像是被榔頭敲了一下，嗡嗡作響。林修時慌張地探出頭，透過樓梯扶手看茶几上的資料夾。

資料夾封面是牛皮紙做的，上面字跡工整地寫著「林修時」三個字。它正是上個月林修時和帝國軍醫院接觸時，親手寄給對方的履歷檔案。裡面有他的學歷證明、工作經歷還有個人的證件照。

檔案應該是被人翻開過多次了，封皮一角都翹了起來。霍珣只要輕輕一挑，就能看到裡面的內容。

「據他的前同事表示，從上週五起就聯絡不到他了。就像是從人間蒸發。」陸河豎起食指，津津樂道地細數他收集來的消息。「還有，老大你知道嗎，這個林修時還是你的老同學！不過是大學以前的。」

「叫林修時嗎？」說不清是因為對方的名字裡也有一個「林」，讓他感到親切，還是老同學的身分令他好奇。霍珣皺眉，忽然對面前的檔案產生了一絲興趣。

他正想拿起文件看看自己的「老同學」究竟是何方神聖，竟然能以區區B級嚮導的身分，獲得來幫他治療的資格，一道黑影忽然從二樓跳了下來，筆筆直地落在了茶几上，踩住資料夾！

「喵喵喵！」不准看！

人都說狗急跳牆，沒想到有一天，林修時能貓急跳樓。

幸好身體在他翻身出樓梯的瞬間轉變成了貓，輕盈的身體擦過空氣，穩穩地落在了目光緊盯的資料夾上。

穿在身上的衣服飄落下來，蓋在了貓身和資料夾上。

林修時躲在衣服裡，亮出貓爪子亂抓了一通。等霍珣掀開衣服再看時，檔案已經被林修時抓成碎紙片。尤其是印有林修時照片的那一頁，碎得絕對不可能再拼起來！

「臥槽槽槽！老大，你說這貓叫怕生嗎！」生怕被殃及，陸河後退到了離茶几有兩、三公尺遠的地方。「牠不會有狂犬病吧？」

「喵喵喵！」你才有狂犬病！淨給人添麻煩的混蛋！

「怎麼了，林？」霍珣擔憂地抱起林修時。縱然林修時有再多的脾氣，進入霍珣的懷裡都瞬間熄火。

不可能說出真正的理由，他煩躁地狂甩尾巴。

從沒見過他這麼焦躁不安的模樣，甚至焦躁到變回了貓。抱著林修時，霍珣慌了神。再也顧不得理會「林修時」的話題，也無暇應付部下，他扭頭就走。「這事以後再說吧，你先回去工作。」

「哦、哦哦！那我先走了。」

看到自家老大滿心只有懷裡的貓，一邊給自己下驅逐令，一邊抱著貓上二樓，陸河再看看撒了一地的履歷資料，更加確定霍珣是養了一隻脾氣超壞的咬人貓。

坐實了壞脾氣的林修時被霍珣輕輕地放到床上。

霍珣捧著扭頭不看自己的小貓，輕聲詢問：「怎麼又生氣了？是因為我放他進來嗎？」

「喵喵喵！」這點的確也很值得生氣，但這不是主因！

「變回來好不好？我聽不懂你在說什麼。」

「喵。」不要。

「你不是說要做飯嗎？今天已經預約不到廚師了哦。」

「……」

「我好想再吃林做的飯，誰做的都沒有你做的好吃。」

「……喵！」那當然啦！我的廚藝也是無敵的！

「這些天都是我餵你吃飯，我也好想被林餵哦。」

「唔……」腦內幻想出自己拿著筷子餵霍珣吃飯的畫面，林修時竟有些心動了。

「晚上也想抱著你一起睡覺。雖然貓貓模樣的你也很可愛，但是沒有人形的你抱起來舒服。」

「喵！」打住！快停止擠壓你大腦中的黃色廢料！

「難道林不想抱著我睡覺嘛？」霍珣揪住林修時的貓爪子，放在自己裸露著的胸肌上。

飽滿的肌肉在放鬆狀態下軟軟的，貓爪子剛落下就已微微陷下。貓耳朵立即豎了起來，羞恥地抖了抖。

林修時知道自己應該抵住美色誘惑，快點抽回爪子，可是……可是！

原來霍珣的胸肌手感這麼好的嗎？

昨晚林修時全程都被霍珣擺布著，根本沒有機會摸回去。如今美色就在眼前，林修時可恥地動搖了。

「變回人樣，你要是興奮了，我可以幫你舔。」

「喵、喵喵！」我、我才沒有你那麼好色！

「……」面對明明已經沉迷在自己的美色裡，卻還是不願意變回來的林修時，霍珣沉默片刻，忽然蜷起了身體，一手按住太陽穴，發出低沉的痛吟。

「喵？喵喵！」你怎麼了？是哪不舒服嗎？

霍珣維持著佝僂的姿勢，沒有回答林修時。他的臉被皺起的被子擋住，林修時也看不清他的情況。

猜測他可能又是精神領域混亂，林修時頓時就顧不得任性了。

他像昨天那樣，憑藉著強烈的想要變回去的情緒，讓身體回歸人形，然後他捧起霍珣的臉；剛要張開精神觸鬚，他就看到了對方笑吟吟的臉。

「你騙我！」林修時恍然。

「你果然很在乎我，林。」霍珣張開雙臂，圈住氣得要跳下床的林修時。

「別擔心，我沒事。」

「我當然知道你沒事！你的臉都快笑開花了！」

林修時不爽地嚷嚷起來。他用力翻騰，將霍珣壓到身下，滿臉通紅地怒瞪正笑得一臉得逞的男人。

「我只是太想見到你了。」

「那也不能拿身體狀況騙我！」

「嗯，以後不會了。我發誓。」

「……」

兩人又恢復了赤裸的姿態，躺在床上。

霍珣比林修時好一些，他身上好歹有一條浴巾擋住下體。

意識到自己壓住對方的姿勢非但不能阻擋對方的言語挑逗，反而讓對方可以更輕鬆地欣賞自己，林修時紅著臉鑽進被子裡。

「真的不需要我幫你舔舔嗎？」

「不需要！」

「那你告訴我，為什麼生氣？」霍珣隔著被子抱住林修時。「告訴我，我才好改正，不是嗎？」

「……」

「你不僅僅是因為我放陸河進屋才生氣的……對嗎？」

「……」

「你不喜歡陸河給我的文件？」

「呃！」

不得不說，霍珣的直覺和推斷力強得可怕。

生怕自己繼續保持沉默，反而會將對方推向自己努力掩蓋的真相，林修時抿緊雙唇，猶猶豫豫地從被窩裡探出頭看霍珣。「我說了生氣的理由，你會聽我的話嗎？」

「當然，你說的我都會聽的。」霍珣不假思索地承諾，他把手伸進被窩裡，摸索著找到林修時的手。「你不相信我的話，可以去我的精神領域問我的靈魂。」

「我信了信了！」林修時抽出手。他才不想去問霍珣的靈魂，他怕話沒問出口就被靈魂按倒，操到滿腦子都是白光。

林修時清清嗓子，斟酌著語言說：「我聽到你們在聊昨天的醫生。他們害你失控，我很生氣，所以我不想讓你看對方的東西。」

謊話連篇的一段話，因為林修時如今有了霍珣戀人這個身分，就變得合情合理。

霍珣聽後果然沒有發現不對勁。「就算我看了對方的資料，也不會再讓他治療我。應該說，除了你，我不會再讓任何人進我的精神領域了。別擔心。」

「我才不擔心那個！就算你允許其他人進你精神領域，他們也治不了你。你只有我能安撫！」林修時說得自信滿滿。

「沒錯，我的一切，只有你能安撫。」

「……」我合理懷疑他又在開黃腔。

林修時又瞪了霍珣一眼。「就算這樣，我還是不想你看其他人。如果你覺得我的要求太過分的話，那我也可以去看別人的大腦嗎？」

「不行。」

低沉而憤怒的聲音忽然落下，如同驚雷劈在心口，嚇了林修時一大跳。

瞧見霍珣眼中竟浮現出一層很淺的紅光，林修時連忙鑽出被子，撲入霍珣的懷中抱住他，同時往他的精神領域中釋放精神力。「我不會那麼做的。我就是舉個例子。」

「在我們人類世界，兩個人靈魂神交過後，從此就只能有彼此。」霍珣回抱住林修，在他耳畔一字一句悠悠說：「我們不僅靈魂神交過，我們的肉體也做愛過。我們就是綁定的戀人，記住了嗎，林。」

「嗯嗯嗯，記住了記住了。」林修時表面積極地迎合著，心裡則腹誹，霍珣也是個說起謊來臉不紅、心不跳的神人。

在人類世界，哨兵和嚮導如果靈魂和肉體都做過愛，他們可不一定是戀人，還有可能是炮友。

林修時就見過不少玩得開的嚮導和好幾個哨兵，以治療為由，享受性愛。

曾經也有哨兵趁著治療邀請過林修時。

秉持著哪怕不感興趣，甚至深惡痛絕，林修時還是要裝腔作勢地腹黑微笑，告訴對方：如果你可以接受靈魂和肉體都被我操的話，也許我可以考慮一下。

然後，對方就再也不來邀請林修時了。

想到這，林修時掐住霍珣悄咪咪又摸到他屁股上的手。「那我不看別的人的大腦，你也不准看其他人的，只是資料也不行！可以嗎？」

「好。」霍珣換另一隻手往屁股上摸，依然被林修時掐住。

「很好！誤會解除，我去做飯了！」

拉開霍珣的雙手，林修時一天裡第二次跳下床，走進衣帽間，翻出第二套為他訂製的衣服。

真是隻隨心所欲的小貓。

低頭看看被掐紅的雙手手背，霍珣忍不住輕笑出了聲。

他很想跟到衣帽間，按住對方再好好地「交流」一番，轉念想到對方還未完全消腫的後穴，只能嘆口氣，放棄了日日荒淫的美夢。

如果家裡能有臺專門修復外傷的治療艙就好了。

霍珣拿起放在床頭櫃上的手機。

陸河離開後，第一時間就發消息和檔案給他。

陸河：老大，等你身體好點，快帶你家的貓去看下醫生吧！

陸河：幸好我特地和軍醫院要了一份林修時的電子掃描檔。你記得看。

垂眸凝視著署名為「林修時履歷」的檔案，霍珣沉思幾秒後，按下了拒絕接收。

只是老同學而已，他沒有敘舊的打算，就沒有看履歷的必要了。

他本就不是待誰都熱情的人。

霍珣：我之後會自尋治療方法。你代我告知軍醫院，不要再到處去挖嚮導了。

霍珣：另外，林修時失蹤略有蹊蹺。我懷疑是他要幫我看病的消息走漏，引起了潛伏在帝國的聯盟軍的注意。捕捉聯盟軍之餘，也要盡快找到林修時。後續若無蹊蹺，就不必再和我匯報了。

不等對方回覆，霍珣將手機扔回床頭櫃上，起身跟到從衣帽間走出來的戀人身後，從後面抱住他的腰。

「林，我想吃你做的牛排。」

第七話

我就是想抱著你。

林修時有以貓貓狀態和霍珣同居的經驗，但是變成人後，那個經驗完全派不上用場。

接下來的一週，霍珣都沒有再出門。兩人約好，將每晚睡前的一個小時訂為治療時間。

林修時是抱著醫者仁心的心情提出這個安排的。他覺得只要堅持、穩定和努力，霍珣的精神領域一定能康復。

偏偏這種安排落進霍珣耳朵裡，等同於約他每晚都要做愛。

於是，霍珣充分發揮了林修時望塵莫及的聰明才智，為本該樸實無華的療程，加入一堆令林修時羞恥心爆炸的花樣——偏偏林修時要幫霍珣治療，不敢輕易變回貓，就怕變不回來。

在相約治療的第一晚，霍珣網購了一條情趣圍裙送給林修時。

圍裙的表面是半透明的蕾絲，可以說是穿上後，什麼都沒擋住，穿了等於沒穿，但比沒穿更色情得令人血壓升高。

林修時毫不猶豫地把圍裙塞回到禮物盒中。「你病得不輕，我們最好從簡單的開始治療。」

「如果你不想治療的時候穿，那明天做飯的時候穿？」霍珣從後面抱住林修時，含住他的耳垂輕舔。

林修時猛打了個哆嗦。「明天也不穿！」

「那就今晚穿。」

身為S級的哨兵，霍珣有太多的方法讓戀人就範——他只釋放出一點威壓，壓在林修時的性器上，就讓他喘得無法自控。

「或者今晚什麼都不穿？你挑一個？」霍珣微笑。

於是……

「不要、唔……不要再舔了……」雙手被蕾絲繩捆綁住，綁在床頭，林修時喘著氣喊道。

身上的圍裙幾乎都被推到了臉上，視野都被圍裙表面的蕾絲花紋擋住，含著淚的雙眸只能看到埋在他胸口的腦袋。

霍珣含著左邊的乳尖，像是要吮吸出奶似的，又咬又拉。

林修時本來不算太敏感的乳頭，在他的蹂躪下痛到酥麻，粉色的乳頭硬生生地被吸紅，比右邊的腫了一圈。

吐出被含到溼潤挺立的乳頭，霍珣瞇眼審視了一番。「左邊的不要再舔了，那右邊的呢？」

「唔……」

唾液塗滿乳頭表面，蒸發帶來絲絲涼意，刺激得林修時頭皮發麻。而右側的乳頭始終得不到愛撫，孤零零地挺立在空氣中，在霍珣的注視下產生了一絲搔癢。

林修時舔舔上顎，彆彆扭扭地側過頭不看霍珣。「……右邊要。」

「要什麼？」

「……舔、舔一下。」

「呵。」霍珣輕笑，吻上被他故意忽略的右乳頭。

下身性器硬了好半天了，只是根部同樣被蕾絲帶綁在。它顫慄著夾在林修時和霍珣身軀之間，和男人粗壯的性器互相摩擦，就如同鈍刀磨肉，無法得到徹底的滿足，但又捨不得離開對方灼熱的體溫。

這過程實在是太漫長，又太磨人。

實在受不了肉體上的調教，林修時捧住霍珣的臉龐，探出精神觸鬚，趁機溜進他的精神領域中。

他本想在霍珣的精神領域中歇口氣，但他小看了靈魂體的色慾。

沒有了肉體和理智的制約，霍珣的靈魂體比他本人還熱衷於性愛。

維持著兩人在現實中相擁的親密姿勢，靈魂體一見到林修時，二話不說就將性器埋入林修時的靈魂體內，大開大合地操弄起來。

蘭克斯見到林修時，幾度興奮得想要靠近，卻都被霍珣的靈魂體踹開，氣得蘭克斯在一旁嘶嘶嘶地瘋狂轉圈。

知道那是霍珣的精神體，是他靈魂的一部分，林修時也就不再害怕牠了。見牠如此委屈，他伸出手，安撫地摸摸對方的腦袋。

感受到來自對方純淨的暖流，蘭克斯立刻振作了起來。牠伸出尾巴悄悄勾住林修時的手指，試圖表達自己對他的愛意。

這個小動作立馬引起的霍珣靈魂體的不滿，精神領域內風速隨之加劇。他抓住林修時的手，放在了兩人交合的地方。「摸摸我，林。摸摸我。」

這一晚，林修時不知道自己被霍珣和他的靈魂體幹了多久才被放過。他從精神領域被幹到失神，回到現實，瞧見幹他幹到眼睛發紅的霍珣，只好再度整理精神力，再回到精神領域。

如此反覆到他被搾乾，暈了過去。

林修時再睜開眼時已經是第二天。醒來的第一件事，就是燒掉蕾絲圍裙，免得霍珣白天磨著他在廚房再瞎搞一次。

廚房，對於林修時來說，是比治療室更神聖的地方！絕對不允許霍珣胡鬧！

好在，知道自己昨晚做得太過分，這一天霍珣很安分。林修時煮什麼，他吃什麼。林修時要他幹什麼，他就做什麼。

在林修時的指揮下，霍珣出力，將入住多時，但依然有很多家具套著防塵布的家打掃乾淨。

在家裡的各處放上新買來的成對餐具、杯子、刷牙洗臉用品和花束……林修時面對容光煥發的家，滿意地點點頭。「家果然還是要有生活氣息才行！」

霍珣輕笑，橫抱起林修時，放到沙發上。

「臥槽！你不會累的嗎！幹了一天活了還想幹？」林修時震驚地大叫。

他掙扎著想要爬起來，只是沙發實在是太狹窄了。他的身體被沙發靠背和霍珣夾住，幾乎無法動彈。

「放心，今天我什麼都不會做。」霍珣收攏雙臂，他側躺著抱住林修時。「我就是想抱著你。」

「……你就不嫌沙發擠得慌嗎？」

「是很擠啊。但是我還是想抱著你。」

耳朵不禁染上了紅暈，林修時小聲抱怨：「幹、幹什麼突然那麼黏人……」

霍珣沒有回答，他抱著林修時閉上了眼睛。

四周變得很安靜，只剩下了彼此緩慢又平和的呼吸聲和心跳聲交織在一起。視線仔細地描繪過霍珣深邃的眉眼，林修時忍不住伸出手，摸了摸他的臉蛋。

嘴角與雙眸都彎成了月牙。

這天，林修時趁著霍珣睡著，提早了治療時間。

他以為在霍珣如此平靜的狀態下，能夠很輕鬆地進行靈魂安撫。

結果……他還是天真了。

靈魂體是不知疲憊的，更不會因為林修時昨晚做得太多而體諒他、克制自己的慾望。

於是林修時的靈魂再一次與霍珣的滾到了一起。好好的治療再次變成了彷彿要與林修時融為一體的靈魂神交。

蘭克斯是最生氣的。有什麼比看得見摸不著更難受嗎？

牠提起鬥志，好幾次衝上來想要從霍珣靈魂體的胯下奪回林修時，但都失敗了。

牠只是霍珣很小一部分的靈魂，靈魂體則擁有大部分，因而牠比蘭克斯強大太多，而靈魂體的獨占欲更是濃烈到連蘭克斯都沒轍，只好在每次失敗後暴躁地反覆嚷嚷「明明是我先看中林的」！

靈魂體視若無睹。

第三天一早，霍珣厚顏無恥地說著昨天沒有做，按著正在洗澡的林修時來了一發。

「混、嗚！混蛋！說什麼昨天沒做……你的靈魂跟你沒關係嗎！」

「當然沒關係。那是靈魂體做的事，我只是抱著你睡了一覺。」

「……」你的靈魂就是最純粹真實的你！

林修時氣得差點暴露自己懂哨兵嚮導的常識。

為了不再被坑，第四天，林修時主動要求霍珣教授自己知識。

霍珣一開始還算老實。

可惜，他本就不是老實人。

教著教著，他又起了多餘的小心思，邀請林修時和他玩問答遊戲——林修時答錯一道題，就要讓霍珣在他身上貼一張便條紙，再寫上答案。反之，林修時要是答對了，就可以要霍珣為自己做任意一件事。

其實題目都不難，林修時不動腦子都能回答。

可惜，答題的不是「有著三年工作經驗的B級嚮導林修時」，而是「沒有人類常識的貓妖林」。

霍珣故意挑了一些超出他應有知識的問題。

於是，林修時只能忍耐著羞恥心，不斷地答錯題。

乳尖、肚臍、性器上都被貼滿便條紙。

霍珣持著筆，抵在貼在乳尖上的紙上，故意用極慢的速度，一筆一畫地寫正確答案：「精神體來自哨兵的一部分靈魂。如果操作不當，哨兵有可能會失去那部分靈魂攜帶的記憶，但他不會意識到。」

答案長到彷彿寫不完。細長的針狀筆尖透過薄薄的紙張，落在被開發得越發敏感的身體上。

林修時顫抖地喘息著，幾乎聽不清霍珣在說什麼。

他只覺全身搔癢無比，尤其是身下的小穴。

容納過肉棒的後穴食髓知味，穴口在不知不覺下張開，渴望著再度被炙熱的肉棒填滿。

霍珣顯然注意到了。

他的褲襠也支起了帳篷，可是他就是不釋放出性器。

「忍耐慾望，能夠鍛鍊哨兵的精神領域，這是正確，還是錯誤的？」霍珣對著林修時早就紅透的耳朵吹起氣。

「正確、是正確的！」再也裝不下去，林修時幾乎是喊出了答案。

「答對了。」霍珣揚唇。「終於答對了題目，林。你想要什麼獎勵呢？」

「……明知故問。」

「嗯？」

「肉棒。」手指落在霍珣的下身，林修時舔舔嘴角，拉開拉鍊。「想要你的大肉棒，操我。」

「呵呵，如你所願。」

……

之後的第五天、第六天、第七天，林修時每天都過得很「充實」，無論肉體還是靈魂，都被對方的肉棒和精液給充分填滿……

霍珣的精神領域終於逐漸趨於穩定。

如果說第一次見到霍珣，他精神領域內的世界宛如十級颱風天，那麼如今，他的精神領域健康無比，如同風和日麗的晴天，可以就地野餐。

霍珣那被林修時「洗」到純白的靈魂體顯然也是這麼想的。

他將精神領域內的空間轉變為遼闊的草原，然後按著林修時「野餐」——在野外的氛圍下，把林修時裡裡外外品嘗了一遍。

蘭克斯在一旁伺機等待著。

經歷了連續多日的失敗，牠非但沒有放棄，反而越挫越勇。秉持著一定要抱到林的覺悟，最終，在瞧見霍珣的靈魂體高潮，抱著林修時陷入短暫的「賢者時間」時，牠尾巴一蹬，身體如離弦的箭，猛地衝了上去——

小蛇的身軀撞入靈魂體中，就如同融進了一團望不到邊境的白光內，轉眼就消失不見了。

靈魂體直起身體，像是在感受什麼，他短暫的沉默了片刻。

然後，林修時發覺插在他穴內、不久才射過的性器又硬了起來，將來不及收縮的肉穴再次撐開！

「不、唔、不要再來了……」

林修時掙扎著想要逃離靈魂體，隨即他注意到，霍珣的靈魂體上居然又出現了蛇鱗紋！

不同於上次通體附著詭異黑紅色調的蛇鱗紋，這次的靈魂體依然保持純淨的白色，蛇鱗紋更像蕩漾在靈魂體表面的粼粼波光。

靈魂體撥弄起林修時的下身，企圖將已經容納下肉棒的小穴再擴張開一點。

震驚到無法思考的林修時低頭一看，直接被嚇回了現實——連接著他和霍珣的精神觸鬚斷開了。

林修時捧住霍珣睡意朦朧的臉。「快睜眼！快讓我看看你的眼睛！」

「怎麼了，林？」霍珣迷濛地睜開眼睛。

黑瞳上倒映出林修時慌張不安的面容。「眼睛沒有發紅……你現在清醒嗎？能聽清我在說什麼嗎？」

霍珣點點頭。「我沒有失控。多虧了你的安撫，我從未像這樣舒暢過。」

「可是！可是你的靈魂，你的靈魂……」

「我的靈魂怎麼了？」

「他、他他他他他——他居然長出了兩根肉棒！」林修時驚恐地喊出來。

沒錯，林修時剛剛看到霍珣的靈魂體上出現了兩根性器，而且他居然想都插到他的身體裡去！

不僅如此，附著在靈魂體表面的蛇鱗紋也令林修時擔憂不已。

「不行，你快脫了褲子給我看看。」羞恥心什麼的統統都被丟到腦後，林修時坐到一臉迷茫的霍珣身上，扒掉他幫霍珣治療前特地要對方穿上的睡褲。

「好難得見你這麼主動。」

「少廢話！」林修時懶得搭理霍珣的調侃，他抓住對方的性器，湊近細瞧。

人類男性的肉棒當然只有一根！

它在林修時的注視和檢查下迅速勃起。於是，林修時看到了隱藏在性器內側根部、靠近蛋蛋和大腿內側的蛇鱗紋。

蛇鱗紋的顏色很淡，出現的位置也很隱蔽，若不是林修時特地抬起肉棒查看，它很有可能會被忽略。

林修時摸了摸。肌膚不再是溫暖柔軟的觸感，它的表面浮出了細小但排列緊密的鱗片，手感就像撫摸一條蛇那般，涼得令人頭皮發麻。

林修時第一次見到這種狀況。

霍珣也是。

為什麼我明明已經平息了霍珣精神領域中的狂亂，讓他的靈魂體恢復到無比純淨的狀態，霍珣的身體還會出現異狀呢？

林修時多年所學的知識，在這一刻全派不上用處。

強烈的不安和恐懼籠罩住他，讓他止不住地懷疑，是不是自己哪裡用錯了方法，他並沒有治好霍珣，甚至害他變得更糟了？所以霍珣的病症不再集中在精神領域，而是轉移到了肉體上？

「我沒事的，林。我並沒有覺得哪裡不舒服。」忍耐住喘息，霍珣極力不去想林修時握住他肉棒的手，他認真地安慰對方。

「正常情況下，人身上怎麼可能會出現蛇鱗呢？而且你的靈魂體還長出了兩根肉棒！」

「咳，世界上總有很多難以解釋的事。」霍珣抱住林修時。「現實中也沒有貓會變成人，偏偏我卻遇到了你。」

「我不一樣！我和你不一樣！」林修時矢口否認。

他可以接受自己變成貓、變成林，因為他遭遇的車禍是不可逆轉的。但是霍珣的身體狀況是可以改變的！

他是醫生，是嚮導，如果他亂了陣腳，還有什麼資格治療哨兵！

林修時強迫自己迅速冷靜下來。

他直視霍珣，拿出問診時的語氣：「你現在的靈魂體感覺如何？」

「感覺很好，甚至很想和你再做一次愛。不……還是兩次吧。」霍珣如實回答。

林修時點點頭。「精神領域內沒有什麼和平時不一樣的地方嗎？」

「嗯……」霍珣閉上眼睛，感受了片刻，說：「蘭克斯不見了。我呼喚牠，牠沒有如往常那樣回應我。」

「之前有過嗎？」

「有過一次。我去軍醫院的那天，蘭克斯說牠好像被我的靈魂體吸收了。」

「吸收……」

林修時從未聽說過靈魂會吸收精神體。

在所有教科書裡都明確說過，哨兵和嚮導天然地就會引導出一部分的靈魂，構建成精神體。這是出於強大的自身本能，就像人類為了繁殖會本能地交配一樣。

生命誕生，會成為單獨的個體。

被引出的靈魂也是如此。

誰都沒法把生出的孩子按回到肚子裡；誰也沒法把精神體融回靈魂裡。

這件事卻似乎在霍珣身上發生了。

林修時記得那天霍珣的靈魂體上也出現了蛇鱗紋。

當相同條件下，同一症狀連續兩次出現時，那兩者之間就一定存在必然。

難道……霍珣的靈魂異狀，其實和精神體蘭克斯有關？他的治療方向錯了？

林修時皺眉。

他這些年主攻的是精神領域方面的治療，精神體不在他精通的領域。他無法就此下結論。

想到這，林修時握住霍珣的手。「去帝國軍醫院做一次全身檢查吧。我想要看你的體檢資料報告。」有了明確的檢查方向和對應資料，就能針對性地落實治療方案了。

「現在？」霍珣抬眸瞥了眼窗外。「已經晚上了，外面還在下雨。」

「病症往往來得突然，一旦發現，就不要拖。」林修時說得極其認真。

被他苦口婆心地勸說，霍珣忽然有種此刻正坐在診療室，被醫生叮囑的錯覺。

見對方滿臉都是擔憂，霍珣回以林修時一個微笑。「好，我現在去。」

「不行，你不能一個人去。」

如果被單獨留在家裡，林修時一定會焦慮得不知該如何是好。他害怕霍珣去了醫院後，反而狀況惡化。

他想和霍珣一起去。

只是，他害怕跟出去後，他的身分會暴露。

有什麼辦法能讓帝國軍醫院的人認不出他？林修時惴惴不安地想著，視線不由自主地飄向了衣帽間。

半小時後，全副武裝的林修時小心謹慎地站在家門口。

他穿著長過膝蓋的風衣，頭戴漁夫帽，再戴上一個超大的純黑口罩；覺得遮擋得還不夠嚴密，林修時低頭又撥弄了幾下瀏海，遮蓋住眼睛。

這下，任誰看到林修時，都會認為他是個可疑分子。

霍珣開車出來，看到林修時這副模樣，不禁笑出了聲：「林，你這樣很引人注目。」

「不這麼做，我只會更加引人注目。」

「好吧，你開心就好。」霍珣紳士地打開副駕駛座的車門。「進來吧，我們去醫院。」

林修時假裝第一次坐車，好奇地張望著，坐進副駕駛座上。

其實他很想代替霍珣開車，他有駕照，可惜身為「貓妖」的他沒有。

為了避免霍珣浪費精力在開車上，林修時故意用撒嬌的語氣表示想牽著霍珣的手。

毫無抵擋色誘的免疫力，霍珣打開自動駕駛系統，把空閒下來的手放到了林修時的懷裡。「牽吧，你想牽多久都行！」

「那我就不客氣啦！」林修時握住他的手，用精神觸鬚連接兩人。

透過觸鬚，林修時能清晰地感應到霍珣的精神領域波動。

起初霍珣的精神領域很平穩祥和，但隨著體溫浸透相握的手，掌心逐漸溢出手汗，林修時隱約看到了在精神領域內飄灑的玫瑰雨。

……霍珣心情好時，這麼有少女心的嗎！

聽不到林修時心中的吐槽，霍珣勾起小指，指腹挑逗似地蹭了蹭林修時的掌心。「林，你再用這麼炙熱的眼神看我，我就要讓系統把車開進小樹林了。」

晃晃貓尾巴，林修時撐起身體湊到霍珣耳畔，臉頰微紅地說：「等你好了，就讓你帶我去小樹林。」

「……一言為定。」

精神領域的波動更明顯了。林修時彷彿看到了無數鮮花在玫瑰雨中盛開。

有閒情逸致想桃色畫面，看來霍珣的狀況並不危急……林修時暗暗鬆了口氣。

帝國軍醫院離霍珣的住所大約有半小時路程，晚上鮮少有車擠在車道上，本應該很快就能抵達目的地，然而最近恰逢雨季，潮溼的薄霧籠罩在馬路上，降低了能見度。

自動駕駛系統將車速調到了最慢的一檔，讓車可以平穩且安全地前行。昏暗的車內，一切都靜悄悄的，唯有彼此的呼吸交纏在一起。

沉浸在曖昧的氣氛中，霍珣突然坐直起了身體。

「怎麼了？」

「沒事。」臉上笑容不減，霍珣解除自動駕駛系統，握住方向盤。「只是有個小東西跟在了車後面。」

林修時轉眸去看後視鏡。

霧氣阻擋了視野，林修時什麼都沒看到。

轉為自動排擋後，霍珣一邊不緊不慢地提快了車速，一邊向車外釋放威壓。窗外景象頓時間飛速掠過，所有的事物都被模糊成了灰黑色的線條。

林修時注意到霍珣改變了導航引導路線。

但加速非但沒能甩掉跟在身後的東西，反而讓對方放棄躲藏，一同加速衝出薄霧的遮蔽。

隨即，林修時看到了一輛純黑的轎車。車燈穿破黑夜直指正在看後照鏡的林修時，腦內登時冒出自己出車禍時的畫面——雙眼被刺目的光遮蔽，林修時僵住了身體。

他的不安透過精神觸鬚傳給了霍珣，握著方向盤的手不由得加緊。「別怕，林。不會有事的。」

霍珣對自己的車技很有自信，哪怕對方是個車手，他也能甩掉對方。

只是，跟蹤他的人並不是普通人。

自他休假歸國後，潛伏在帝國內的聯盟軍就開始暗中行動了。

霍珣會搬回學生時期的家，無非就是這兒的住戶很少，他操控的氣流可以覆蓋到周邊十公里內，任何陌生氣息靠近，他都會第一時間察覺。

然而對方意外地沉得住氣，避開了他的警戒線和到處搜尋聯盟軍的陸河，超遠距離地埋伏那麼多天，並且在霍珣釋放出威壓警告後，主動衝出來暴露行蹤。

這無疑是在告訴霍珣，他想要和他打一架。

一般情況下，是沒有人敢輕易挑戰霍珣的，畢竟他有著不敗的戰績，與他交手的聯盟軍都沒有好下場。

對方是在賭霍珣的身體出了問題，並且猜到他半夜出行的目的地，是帝國軍醫院。

砰！

重物落到車頂上，震得車子劇烈地顫動。

一個比腦袋還大的獸爪拍在車頂上，瞬間就在車頂部按出個爪形的大坑。

淌著黏稠涎液的白狼頭透過車前窗玻璃，盯住了車內的兩人。

這精神體的體型很大，還能抵禦住他釋放出來的威壓，給特製的車子造成重創，他的主人顯然是S級的哨兵。

有一點棘手了。

【蘭克斯！】呼喊得不到回應，霍珣搜遍了精神領域，還是找不到小蛇的蹤跡。

目視趴在車前窗，企圖拍碎玻璃的白狼，霍珣先將林修時的椅背往後調整，盡可能地讓他離遠車窗，然後他操控氣流，鎖定車外區域，釋放出更多威壓。

同為S級哨兵，之間依然能夠形成微弱的等級制約。

白狼沐浴在霍珣的壓制下，痛苦地嘶吼起來。見牠四肢肌肉稍稍放鬆，霍珣趁勢急煞，轉動方向盤，牽動車身向右側用力轉向。

「嗷嗚！」白狼頓時失去平衡，躲閃不及地被甩飛出車頂，砸向不遠處的路燈。

霍珣猛踩油門，瞬間又將車速提到最高。車身風馳電掣般地往前直衝，將白狼遠遠地甩在身後，但緊接著，手持機械拳套，一身夜行衣的男人從右側偷襲——他注意到了坐在副駕駛座的林修時。

喀——砰！

側門玻璃在機械拳套的衝擊下應聲龜裂，如雨般粉碎。

剎那間，林修時感覺眼前的一切都變慢了。

他能感知到來自兩個哨兵的威壓正在空氣中激蕩，他能看到每一顆墜下的雨點，如同珍珠一般，落在從對方拳頭中刺出的雷射刀上，被瞬間蒸發。

刺眼的雷射正在逼近，猶如那個下雨的夜晚，衝向林修時的車前燈光。

只需毫秒，它就能刺穿他的身體，奪走他的性命。

與此同時，林修時聽到了霍珣的驚呼，一雙黑瞳再度暈開紅光。

這是他要失控的徵兆。

林修時是嚮導，還是坐在醫院裡享受平靜生活的嚮導，他沒法像戰場上的嚮導那樣把精神觸鬚轉變成能控制全場的武器。

在這種時候，他只能選擇，要麼暫時制約住敵人的精神領域，保護自己不被襲擊；要麼安撫住霍珣的精神領域，不讓他陷入混亂。

林修時不假思索地選擇了後者。

解開安全帶，他張開雙臂撲到霍珣身上，捧著他的臉龐，將自己當下能夠調動的精神力全部都傾注給他。「不要被情緒控制。」

於是，林修時最脆弱的後背暴露在了敵人的眼前。

噗！

血肉如果凍，被雷射刀輕輕一碰就刺穿。

痛覺緊接而來，從後背飛濺開。風衣被溫熱的血液浸溼，黏膩地貼在肌膚上。光是維持擁抱霍珣的姿勢，林修時就痛到受不了了，更何況還要夾在兩個S級哨兵相互對抗的威壓之中。

意識再度變得遲緩、混沌。

模模糊糊的，他聽到了霍珣的嘶吼。

冷靜，霍珣，不要難過。不要浪費了我給你的精神力，快點恢復正常。

反正我早就死過一次了。

能再見到你、和你成為戀人……如今就算讓我再死一次，我也穩賺不虧。

所以，所以……

強烈的不捨還是在闔上眼睛前占據意識，化作熱液盈滿眼眶。

為什麼我不能早點意識到我喜歡霍珣呢？林修時忍不住反問自己。

在我和他還是同學的時候……要是我能意識到就好了。我那麼厚臉皮，一定會死纏爛打地追求他。

既然霍珣能喜歡上林，說不定也能喜歡上林修時呢？

如果我們能在一起的話，之後的日子一定會很幸福的。就像這段日子……每天都過得很開心，很開心……

後悔在腦內膨脹，失去意識前，林修時彷彿看到了他和霍珣一起有說有笑地走在學校的林蔭小道上。看到自己踮起腳尖，費盡地親吻他。看到霍珣笑了，摟著他的腰，延長了那個吻……

但這些，都不會再實現了。

「林……林！林！」紅光從霍珣的眼中褪去，但是他卻沒有恢復正常。

看著懷中的人閉上眼睛，氣息微弱得彷彿快要消失，黑瞳顫慄著豎成了一條線。

蛇鱗紋如滴入水中的墨，沿著眼角向全身蕩開。威壓如狂風侵襲，瞬間擴散，籠罩住整塊區域。

嘩啦啦！

棲息在樹間的麻雀成片地倉皇紛飛，在陰暗小巷中覓食的老鼠恐懼地鑽回下水道，睡前忘記關窗的人們墜入惡夢，在鬼壓床一般的狀態下痛苦呻吟。

刺中林修時的哨兵是最痛苦的。

如同被千萬噸重石壓住，他往後踉蹌半步，摔倒在了地上。

無法言說的恐懼占據了他所有意識，令他忘了閉眼睛、闔嘴巴，眼淚和口水只能狼狽地滴落，糊滿臉龐。

「嘶嘶……嘶嘶嘶……」

飄渺而尖銳的蛇鳴透過霧氣，如鬼魅般爬上耳畔。哨兵看到了無數漆黑的風影凝聚成蛇形，沿著地面盤旋而來，纏上他的四肢，張開毒牙！

「啊啊啊啊啊——」浸透在黑風蛇中的毒氣刺穿肌膚，直鑽精神領域，將他的靈魂與精神體一同拽入刀山地獄，反覆凌遲。

究竟是誰說霍珣的精神領域臨近崩潰？是誰說他已經無藥可醫到甚至考慮尋求B級嚮導的幫助？能釋放出這麼強大的威壓的他，為什麼要深夜去帝國軍醫院？

這是陷阱嗎？難道他們聯盟軍被騙了嗎？

「過去我是太仁慈了。今後，你和你背後的聯盟軍，都要付出代價。」小心翼翼地放平林修時的身體，霍珣一邊用車上備用的止血噴霧為他做簡單的處理，一邊啞著嗓子，對車外幾乎被蛇影吞沒的哨兵說道。

霍珣，一直以來都在聯盟軍暗殺名單的第一位。

身為聯盟軍的哨兵，他自認為對霍珣再瞭解不過。可是這一刻，他卻不確定了。

斑駁的蛇鱗紋爬滿他不著衣物的肌膚，他彷彿與蛇融為了一體，成為了這夜色中真正的狩獵者。

第八話　你最好快點給我硬起來！

被車撞，被刀刺後，林修時沒想到自己還能再睜開眼睛。

平躺在治療艙裡，盯著蛋殼型的艙門頂部，他緩慢地思考著，半晌才得出「我可能真的命很硬」的結論。

所以，我現在變成了什麼？林修時？貓妖林？還是其他的什麼生物？

林修時調動精神力感知了一番身體。如絲綢一般柔順的碎髮間，貓耳朵敏感地抖了抖，貓尾巴從身後鑽出來，停在他的眼前晃了晃。

好的，我還是貓妖林。

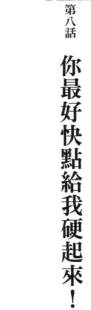

看來我是被救活了。

不僅如此，後背被刺穿的傷口此刻沒有明顯的痛感，只有一種清涼微辣的觸感附著在肌膚上。

摸索著找到打開治療艙艙門的開關，林修時坐起來打量四周。

這是一個封閉式病房，大約十平方公尺的屋內沒有窗戶、沒有病床，只有一臺治療艙，連接著各種檢測心跳、脈搏、精神力濃度等數值的儀器。

林修時聽說只有帝國軍醫院有這種治療艙，據說無論受了多重的皮肉傷，只要還留著一口氣，躺進治療艙後，都能在幾天裡痊癒。

只因價格太昂貴，治療艙的數量又少，平日只提供給由軍隊緊急送到軍醫院的重傷哨兵。

沒想到有一天，它會被用到林修時這個嚮導身上。

等等……帝國軍醫院的治療艙？

我現在是在醫院？

呼吸驀然停滯，林修時瞪大眼睛，雙手急忙往臉上摸——沒有口罩，沒有帽子，身上換成了浴袍式的病人服。

他全身的偽裝都被扒掉了！那麼他的身分……

是不是也曝光了？

霍珣不認識林修時，但是帝國軍醫院絕對不可能認不出他這張臉！

尤其是在被他這個B級嚮導放了鴿子之後！

他們會告訴霍珣，他的真實身分嗎？

……他們一定會的。

說不定他們還會用驚奇的語氣詢問霍珣：怎麼失蹤的林修時會和你在一起？

想像出那樣的畫面，冷汗不住地往林修時頭頂上冒。

一瞬間，他對霍珣說過的謊話全部在腦中變得清晰。無論是他裝作是沒有常識的貓妖騙吃騙喝，還是他隱瞞身分和霍珣談戀愛，全都離譜得能夠上社會新聞的八卦版塊。

謊言被拆穿的尷尬感包裹住林修時，他蜷縮起腳趾，整個人都坐立不安了起來，視線在病房裡飄忽不定地遊弋。

得知真相後，霍珣會惱羞成怒嗎？

他會因為無法接受林修時，而一氣之下離開嗎？

他會從此再也不見他嗎？

不行！

他不允許這種事發生！

剛開始還不確定自己的情感，只想抱住霍珣大腿的林修時，的確抱著「被發現真相就馬上跑路」的想法。

可是事到如今，他搞明白了自己對霍珣的心意，知道自己願意為霍珣冒生命危險，那麼他絕不允許自己失去他！

想到這，林修時扯掉連在身上的儀器探測針，從高約一公尺的蛋形治療艙中翻出來。

地上沒有鞋子和衣服。抱著要快點找到霍珣，把所有話都解釋清楚的想法，他光著腳跑到門口，打開門就要想往外衝——

「呃！」結果，他一頭撞進了正要進屋的霍珣懷中。

熟悉的雪松香撲面而來，林修欣喜地抬起頭。隨即，他看到了霍珣閃躲的目光。

他沒有像往日那樣摟住林修時，說些令人臉紅心跳的葷話，而是側過身，和撞入懷中的男人拉開距離。「你怎麼下床了？治療時間還沒結束呢，快躺回去。」

彆扭的話音，明顯的距離感，還有閃躲的視線，無一不在告訴林修時：霍珣知道他是林修時了。

他不再像之前那樣黏著他了。

著急、期待、喜悅、慌張……一堆因霍珣而起的情緒頃刻間冷卻了下去。說不失望是不可能的。

但是他林修時從來都不是一個會沉溺在失落情緒中自哀自怨的人。

瞬間決定了自己應該做什麼，林修時揚起嘴角，一手推著霍珣進病房，一手握住門把悄悄反鎖房門。「你來得剛好！我好像把那個機器弄壞了，你能幫我看一下嗎？」

「呃……病房裡的東西，找醫生來看更好……」哨兵的聽覺向來很好，哪怕林修時十分小心，霍珣依然聽到了鎖門的「喀答」聲。

貼著林修時掌心的腰側肌肉緊繃了起來，與此同時，很微弱的威壓在封閉的病房內蕩開，輕而易舉地暴露了霍珣的無措。

「你先幫我看一下嘛！萬一你摸兩下就好了呢？」林修時全都視而不見。

尾巴圈住霍珣的手腕，以防他逃走。

林修時推著霍珣來到治療艙邊。「就是這個機器，中間有個地方凸起來了，頂得我很難受，你摸摸看？」

「……」霍珣一頭霧水。

被林修時用熱切的目光緊盯著，他遲疑地彎下身，查看起了治療艙。中間是特製的記憶型軟墊，掌心一落下就被嚴絲合縫地包裹住，彷彿落在了輕柔的雲朵上。霍珣觸摸到了林修時殘留在艙內的體溫，沒有摸到所謂的硬物。「這裡沒有……唔！」

霍珣話未說完，就被林修時推進了治療艙內。緊接著，林修時跨坐到他的身上。

治療艙內的空間很狹窄，人躺進去後就會被軟墊容納。這會兒，林修時又從上面以身壓住霍珣，縱然他力氣再大，一時間也爬不起來。

「怎麼會沒有呢？你摸的地方不對啊。」拉起霍珣的手，伸到病人服內，林修時昂首輕笑。「凸起來的在這裡，摸到了嗎？」

「唔！」浴袍式的病人服裡面什麼都沒穿，手指透過敞開的衣襟，觸碰到灼熱的性器，男人緊張地嚥了口唾沫。「你、你先起來，我們有話好好說。」

「我們不是一直這麼聊天嗎？只是以前總是你壓在我身上。」林修時瞇起眼睛，扭動下身摩擦霍珣的下體。「怎麼你現在那麼冷靜？你不喜歡嗎？」

霍珣倒抽了一口冷氣，閉上眼睛。「你誤會了。我不是冷靜，我只是……」

「你只是不能接受我，對嗎！」冷卻下來的情感「噌」地被霍珣點燃，林修時不自覺地提高音量：「因為我騙了你，所以你沒有辦法接受我了是嗎？」

「不是的，林。我——」

「我叫林修時！不是什麼貓妖，而是個B級嚮導。你不是已經知道了嗎！」

「是，我知道了。送你來軍醫院後我就知道了。」

「所以你後悔了？」酸澀感爬上眼眶，話音未落，視線就被模糊了一片。害怕自己會哭出來，林修時極力睜大眼睛。「我承認，騙了你是我不對！但我不是故意的，我根本不知道自己為什麼會變成貓，更不知道自己中途還能變成人。我不知道我現在到底是算人類，還是附身在一個貓上的怪物！我……我自己都搞不明白，我說不出來！我怕說出來，你會討厭我……畢竟、畢竟我們以前做了那麼久的同學，你都不喜歡我……」

放聲喊出來的話染上了哭腔，一字一句顫抖地砸向身下的霍珣。他無措地皺起眉頭。「我沒有討厭你。只是我現在有點問題……」

「我才不管你有沒有問題。反正我喜歡你，對你有性慾！我沒有問題！」林修時捧起霍珣的臉，含著淚氣勢洶洶地喊：「你最好快點給我硬起來！不然、不然……就換我上你！」

老實說，林修時對霍珣的屁股一點興趣都沒有。做愛特別消耗體力，在上位還累腰，他只是個會偶爾健身的文弱嚮導，不喜歡這種累人的運動。

而且身為醫生，他很清楚在體力上占據優勢的哨兵向來不喜歡居於下位。果不其然，他剛說完，霍珣的眼神就陰沉了下來。「你想上我？」

「怎麼！不可以嗎？反正你對我硬不——呃啊！」

霍珣一把握住了林修時的尾巴。雞皮疙瘩沿著敏感的尾巴直衝頭頂，林修時驚叫一聲，挺直了後背，來不及含住的淚花一下子溢出了眼眶。

霍珣趁勢翻身，和林修時交換上下的位置。「本來想要放過你的，既然你那麼想要我的疼愛，那麼接下來不管我想對你做什麼，你都會接受的，對嗎？」

黑瞳鎖定住身下的林修時，霍珣牽起他的手放到自己的下身。「誰說我硬不起來的？我這兒也凸起來了，你摸到了嗎？」

褲子被性器撐起，林修時的手掌竟蓋不住這小山包。

這……這裡怎麼會這麼鼓？

林修時瞪圓眼睛，忽然想到了霍珣那長出兩根肉棒的靈魂體。「不、不是吧……這不可能吧？」

林修時手忙腳亂地拉開他的拉鍊。

內褲根本壓不住半勃起的性器，早就被頂到了大腿根部；拉鍊一拉開，沉甸甸的肉棒就彈了出來，壓在了林修時的手上。

「呼……」林修時鬆了口氣。

還好，是一根。

但緊接著林修時發現，這根肉棒的尺寸和樣子跟他熟悉的，差別也太大了！半勃起的性器不僅整個粗了一圈，而且肉棒根部浮出了好些細密漆黑的鱗紋，一直蔓延到大腿根部，在光下折射出詭異的冷意。

鱗片覆蓋面積絕對比他們出門前擴大了不少！

「你的病情又加重了嗎？軍醫院的人怎麼敢放你亂跑！」林修時伸出精神觸鬚，想要查看霍珣的精神領域，可是被霍珣避開了。

「別擔心，林修時。我好得很，沒有任何數值異常。」

「你的雞巴都長鱗片了！粗得我一隻手都握不住，怎麼可能沒有數值異常！你還當我是沒有常識的貓嗎！」托著霍珣沉甸甸的性器，林修時只覺頭皮一陣發麻。

要知道，霍珣的肉棒尺寸本來就很傲人，足夠操暈林修時。

而今擱在他手上的肉棒……可能只能用「魔鬼配置」來形容吧！

將林修時變幻多端的臉色盡收眼底，霍珣忍不住笑出了聲：「知道嗎，你在治療艙裡躺了兩天。期間，軍醫院幫你和我都做了徹底的檢查。猜猜我們發現了什麼？」

「難道有比你肉棒粗了一圈還長出鱗片更驚人的發現嗎？」

「當然有。比如說，原來我不是S級哨兵，而是SS級，甚至可能是超過檢測機器目前上限，仍然檢測不到的SSS級哨兵。」

「……S……SS？」手上握著霍珣的性器，話題卻忽然變得學術。林修時有點招架不住。

他很想問，難道哨兵超S等級和肉棒尺寸是掛鉤的嗎？這完全超過了現代醫學已知的範疇！

林修時更從沒想過，S級上面，還有SS級，甚至是SSS級。

「所以才沒有嚮導能治療你……哪怕是S級嚮導……」林修時想到以前很困惑的細節。

霍珣排斥S級嚮導，不是他不想被他們醫治，而是兩者之間存在等級差異，高級別的哨兵天然排斥低級別的嚮導。

「但……但你為什麼能被安撫？我只有B級，是最差勁的等級！」

「因為你根本不是B級。」霍珣低頭，脣瓣貼著林修時的耳畔，輕聲低語：

「我們的第二個發現──是你是系統檢測不出的最高級嚮導。」

「什麼？」

「系統檢測不到你精神力能夠施展出的最高數值，所以將最低數值記成了你的等級。」

「……哈？」做了那麼多年被大家暗中嘲笑的B級嚮導，這下忽然被告知，他其實是比誰都要強的嚮導……這前後的心理落差令林修時傻眼。「如果我是S級以上的嚮導，為什麼我的精神力導不出精神體？」

「因為引出精神體，本就是S級以下的哨兵嚮導無法做到靈魂、肉體、精神三位一體後的不得已操作。」霍珣拉起林修時的另一隻手，撫上自己的臉。

蛇鱗紋沿著眼角淺淺地散開，林修時觸摸到了一層細小輕薄的蛇鱗，帶著詭異的涼意。要不是霍珣緊拽住林修時，他一定會嚇得縮回手。

「擁有更高級的精神力，就能夠做到真正的融合。像我這樣，在人類和我擁有的蛇類精神體之間變幻。」

霍珣牽著林修時，把手挪到貓耳朵上。「或像你這樣。你不是沒有精神體，這就是你擁有精神體的形態，一隻貓。」

「……」

「你只要試著將精神力匯出靈魂，貓科的精神體特徵就會消失。」

「……」

林修時覺得腦內擠著很多東西，亂糟糟地擠壓著思緒。他無法消化霍珣的話，只能按部就班地照做。

然後，困擾他多時的耳朵和尾巴居然真的消失了。

……所以，他不是貓妖，也不是借屍還魂。

他一直都是他，只是他在車禍後多了個變貓的能力？

「既、既然方法已經親測可行了，你怎麼不把肉棒恢復正常？」林修時彆扭地瞥了眼霍珣的下身。

光是說話間托著他的肉棒，林修時的手就有些發痠了。最重要的是，它已經完全勃起了，尺寸比林修時第一次見到它時更壯觀。

「如果可以，我也想收起來。」霍珣嘆息。「但是醫學界對精神力的研究還是太少。尤其是在超S級的哨兵嚮導方面。不知道為什麼，只要待在你身邊，我靈魂中充盈的精神力就都會轉變成情慾，滿腦子想的都是操你。我沒辦法用我教你的辦法引導出靈魂。」

……你直接說你精蟲上腦，沒法恢復理智好了。我聽得懂！

「我本想試著和你保持距離，待情慾消退為普通的精神力，成功引導出靈魂後，再來靠近你。但沒想到，你提早醒了，我克制不住想來見你的心，而你又那麼愛我，主動想要讓我操你……」

「誤會！都是誤會！」林修時著急地大喊。

他要是知道這當中有那麼多彎彎繞繞，他絕對不會做這種事情！

可惜，為時已晚。

「沒有誤會。只是我們太愛彼此了，沒有辦法保持距離。」霍珣笑得兩眼瞇成了線。「既然如此，那就麻煩你，幫我榨光靈魂中的情慾吧。」

說罷，霍珣俯身吻住林修時，將他所有來不及說出口的抗拒堵在了唇舌之間，化作呻吟和喘息。

封閉空間內的氧氣變得灼熱。

布著薄薄蛇鱗的手指抬起林修時的左腿，架在治療艙的邊緣，霍珣推開鬆垮垮的病人服，找到藏在柔軟臂瓣中的小穴。

在治療艙裡躺了兩天，林修時的穴口恢復了緊致狹窄的狀態，手能拉扯開的小口，完全不足以讓粗壯猙獰的龜頭進去。

「唔唔！不、唔、不要……唔唔唔、直接進來！痛……」

病房裡沒有潤滑液、保險套這類東西。

顯然，遇到林修時後才開始縱慾的霍珣沒有隨身攜帶這些的習慣。

他只好併攏食指和中指，塞進林修時嘴中，夾住他的舌頭。「舔溼它。」

「唔唔！」

舌頭被手指攪弄，附著在皮膚表面的蛇鱗嘗起來非常新奇，涼涼的，一下子降下了口腔內的溫度。

等林修時回過神時，他已經不自覺地吮吸起了霍珣的手指，舌尖逆向舔舐著鱗片，彷彿要將唾液徹底浸透手指的每個角落，哪怕是鱗片間的縫隙。

「我有些嫉妒我的手指了。」霍珣抽出手指，送到林修時身下。

後穴「咕啾」一地就吞下了兩根手指，將它推送到只被霍珣一人開發過的深處，曾被撐滿的記憶隨之變得清晰。

咕啾！咕啾！咕啾！

唾液和腸液包裹住手指，方便它在穴內攪動。不出幾下，緊致的小穴就變得鬆軟，手指每次抽出時，林修時都有種它要滑掉的錯覺。

渴望含住手指，讓它回到空虛而溼答答的肉穴裡，林修時情不自禁地抬起屁股。「好滑、手指……好滑、夾不住……再、唔、再多一點……要填滿……」

「貪吃的嘴巴。」霍珣抱起林修時坐到他的腿上，手指隨坐起來的身體稍稍抽離了幾寸，然後在穴口增加到三根後再狠狠地插入。

「唔！」林修時被插得合不攏嘴，口水沿著嘴角直流。「喜、歡……哈啊，再、再用力一點……」

霍珣伸出舌頭，沿著溼漉漉的嘴角一路往下，舔過下顎、脖頸、鎖骨，最後來到胸口。

病人服早在抽插中散開，兩顆殷紅乳頭在衣襟後若隱若現。

霍珣才剛舔到林修時的胸肌，不遠處的乳尖就敏感地挺立了起來，變得越發紅豔，宛如熟透的果實。

霍珣啟唇一吸，將乳尖含入嘴中，勾起舌頭沿著乳暈畫圈。

「啊唔！」柔嫩的乳尖哪受得了這種刺激，林修時顫慄著縮起胸，但霍珣先一步抽出手指，扶住林修時的後背。

手指貼著背脊輕輕一劃，他又忍不住挺起了身體，乳尖自動送回到霍珣嘴中。

霍珣壞心眼地咬住乳頭，用門牙輕磨。

林修時本來不是胸部敏感的人，最初霍珣舔他，他只覺得有點奇怪，隨著霍珣調教的次數增多，有些感覺就和慾望捆綁了起來。

性器顫顫巍巍地支起，不自覺地磨蹭起身下快要比他粗出一倍的肉棒。「哈啊……啊、啊唔……啊……」

林修時渴望更多的愛撫，而最渴望的莫過於他的後穴。被手指擴張後的肉穴這會兒張著嘴，飢渴地淌著腸液。

在肉棒和後穴間快速做了個選擇，林修時抱住在他胸口吸奶的霍珣，抬起身體，然後他握住一隻手都圈不住的猙獰肉棒來到後穴。

龜頭又硬又燙，直接吞是肯定吞不下去的，可是光是感覺到它貼在穴口，後穴就不自覺地蠕動起來，渴望被它撐開、填滿、完全的占領。

光是想像那份渴望，林修時就覺得心跳快得要爆炸了。

「想要，就自己吃下去。」霍珣邊舔著乳頭邊說：「你再用小肉棒蹭我，我要是射出來就不能操你了。」

「你才不會……」

次。

林修時很瞭解霍珣的精力，每次做愛，他射了兩次，霍珣都不一定會射一次。

就是這樣的持久力磨得林修時格外疲憊。

回憶起霍珣的堅挺曾在後穴馳騁的觸感，衝動便從燃燒上頭的慾望中脫穎而出。

在心中高喊著「我會後悔的、我一定會後悔的」，林修時支起身體，扶住如同雞蛋一般大的龜頭，對準自己空虛的下身。

他深吸一口氣，硬著頭皮坐下去！

「啊啊！」穴口被龜頭徹底撬開。

林修時看不見自己後面的樣子，但他感覺後穴的每個褶皺都被霍珣的肉棒撐開了，拉扯成從未有過的大小。

龜頭猶如活塞，密不透風的滾過柔嫩的內部，將腸內的液體全推進深處，帶來難以言喻的痠脹微痛感。

林修時只「吃」進去一個小半截，他就覺得自己已經被填滿了，堵得他快無法呼吸。

這種不上不下的狀態，無論是林修時還是霍珣都不好受。

「哈啊、哈……不、不行……哈……進不去了，出來、唔、快出來……」

「進得去，放鬆……唔，我慢慢來，進得去……」握住林修時企圖抽離的腰，霍珣放下他，躺回到治療艙內。

狹窄的艙體和軟墊包裹住身體，林修時的力氣一下子就被卸光，只能任由霍珣拉扯開他的雙腿，挺腰繼續向內推送。

為了分散林修時的注意力，霍珣握住林修時那明顯比他小一圈的性器，模擬性交地上下套弄起來。

後穴的入侵緩慢得如同滴水穿石，前面的擼管又快到要趕上心跳，被這兩種截然不同的愛撫占有著，感官隨之失序。

林修時極力張大嘴巴，卻無法攝入足夠的氧氣，慾望在腦內「咕啾咕啾」地沸騰。

不知過了多久，霍珣開始淺出深入的抽插起來。

「啊、啊啊……呃啊！慢、慢點，再、嗚、慢點！」腹部被挺入的性器頂得微微凸起，瘦脹的情慾逐漸模糊林修時僅存的感知，讓他像條沉浮在慾望之海上的小帆船，只能隨水波搖盪，被海浪拍打。

「哈啊、啊……射、我要、要射了……」

「不行，不能射。」霍珣忽然收攏五指，掐住小肉棒的根部。直衝頭頂的慾望倏地被遏制住，停在了最高峰。

然後，肉棒加快在林修時體內搗動的速度。

咕啾咕啾咕啾咕啾咕啾！

「啊、啊啊啊……唔啊啊……」頭皮一陣發麻，眼前的一切都變得模糊不清，林修時勉強睜開了眼睛，眼球不住地向上翻動。淚花和口水將整張臉都打溼了，他聽到自己黏膩又焦灼的呻吟：「好想、射……好想、哈啊……快點……啊啊啊、再、再用力操我，操射我……」

「和我一起射吧，我的林，我的小貓咪……和我一起……」

穴口溢出的腸液都被攪出泡沫，將柔軟嫩白的臂瓣都撞成粉色。

把身下人的小穴徹底地操弄成自己的形狀，霍珣鬆開掐住小肉棒的手，腰部重重地往林修時挺入！

咕咕咕咕……

黏稠的精液疾沖進肉壁，量大到猶如失控的水管。與此同時，沒有了桎梏的小肉棒終於射了出來。白濁如噴泉，灑滿林修時被內射到隆起的腹部，甚至濺到彼此的臉上。

「好多、唔……好多精液……射進來了……」手指撫摸上肚子，林修時抹開自己的白濁，抹到霍珣的胸口。

手指擦過對方的胸肌，落到心口的位置，林修時喘著氣，故意繞著霍珣的乳暈畫圈，就像他之前對待他的那樣。「你心跳得、好快。」

「你也是……」

感受到彼此的氣味、喘息、心跳……私密的一切統統融化在情慾中，交合在一起，霍珣低頭再次吻向林修時合不攏的嘴，含住溫暖溼地中的小舌。

「唔、唔唔……哈唔……」

林修時的感知在纏綿的吻中逐漸回歸，於是他察覺到了還插在他後穴的肉棒似乎又開始恢復了活力。

不、不是吧？

不等林修時反應過來，霍珣維持著親吻的狀態，抱住林修時，又開始循序漸進式的抽插。射進體內的精液多到他根本含不住，隨著性器的進出，咕嘰咕嘰地往外噴。

「再來一次，林，再來一次……還不夠，再榨出更多，更多我靈魂裡對你的慾望……」霍珣恬不知恥地解釋。

這一刻，林修時可以確信，自己是上當了。

霍珣一定是料準了自己愛他愛到害怕失去，會主動獻出身體，他就好趁勢來個吃光抹盡！

可現在意識到這些，已經來不及了。

最後林修時毫不意外地又被霍珣操昏了過去。

再睜開眼時，林修時已經回到家，那個和霍珣同居的家，躺在霍珣的超大雙人床上。

床上只有他一個人，身旁的被窩裡已經沒有了對方的體溫。

霍珣去哪裡了？

心意相通後，身體和靈魂對伴侶的依賴也隨之加劇。

只是感受不到霍珣的氣息，林修時就空虛得無法繼續安睡。他跑下床，扶著牆到處尋找霍珣。

最後，他在二樓的家庭影院那邊見到了霍珣。

他正坐在沙發上看片。幕布上的人是明顯年輕了好多歲的霍珣，從他的身形、容貌和著裝風格來看，林修時猜測那應該高中時的他。

聽到林修時的腳步聲，霍珣暫停影片，微笑著招呼他過來。

「我們什麼時候回來的？」林修時坐到他身邊。

飽受蹂躪的屁股一窩進沙發裡，就傳來絲絲痠痛。林修時不適地扭扭腰，然後被霍珣拉起來，橫抱進懷裡。

「在你被我操暈後。不想讓其他人看到你被我疼愛後的可愛樣子，我就提早辦了出院。」霍珣輕揉起林修時的腰。「痛嗎？」

林修時搖搖頭。「就有點痠……」

「看來治療艙還是挺有用的，還能緩解我疼愛你帶來的負擔。幸好我特地從軍醫院買了一臺回來。」

霍珣輕描淡寫地說出了讓林修時眉頭一皺的話。「你買了一臺治療艙回來？」

「嗯，我把你放在治療艙裡，一邊讓它治療，一邊運回來。」

「……」那還真是沒讓任何人看到我被操暈過去的慘樣啊……

只是他們走後，當帝國軍醫院的人走進滿是他們性愛氣味的病房，會作何感想呢？

林修時頓時產生了絕對不能去帝國軍醫院上班……不，是不能再靠近那所醫院的覺悟。

「你的下面……好了嗎？」林修時問。

「好了，你要看看嗎？」

感受到對方的視線變得灼熱，林修時連忙把視線轉移到幕布上。「這是什麼？」

「我高中時拍的影片。但拍完後我就忘了，今早才剛想起來。」

「我也要看！」林修時對霍珣的一切都感興趣，對能轉移話題、擺脫做愛危機的事情更感興趣。

看出了林修時的小心思，霍珣笑著拿起遙控器。「那我重放一遍。」

影片被倒回到了最初。

影片的拍攝點是霍珣的臥室。他高中時的臥室配色依然這麼的冷淡，除了桌上堆了些書外，和現在的幾乎沒有差別。

螢幕中，模樣青澀稚嫩的少年霍珣直勾勾地盯著鏡頭。

被成年後充滿男性荷爾蒙的霍珣抱在懷裡，透過影片與少年時期的霍珣對視，林修時感覺非常奇妙。

而更奇妙的事還在後頭。

『關於我精神體殘障這件事，父親不希望留下任何證據，但是只留給我自己看，應該沒有關係。』

少年霍珣用平靜的語氣說出了令林修時震驚不已的話。

「你也、也被判定過『精神體殘障』？那、那蘭克斯是怎麼來的？」林修時問霍珣。

霍珣沒說話，他抬頭，示意林修時繼續往下看。

『我不知道進行靈魂切割治療法後，我會忘記什麼。姑且以影片的方式記錄幾件我不想遺忘的事。希望手術後的我還能記得這支影片。』

被判定「精神體殘障」後，林修時曾經到處尋找治療方法。

當時他聽說，帝國曾試圖研究一種通過切割病患一部分靈魂，將其轉變成精神體的治療方法，但因測試時產生了諸多不可預測的狀況，例如失去部分記憶、精神領域脆弱容易紊亂等等，最終實驗被停止。

林修時沒想到，霍珣居然動過這種手術。

影片中的霍珣的表情很認真，顯然已經做好了手術的心理準備。他深吸一口氣，然後緩緩地說：

『我希望，如果我之後能有精神體的話，牠的名字就叫……蘭克斯吧。我不是很會取名字，千萬不要讓我再想一次。』

少年霍珣說著話，視線往一側瞥了一眼。林修時注意到那一側掛著一副網球拍，名牌名字正好是「蘭克斯」。

「……想不到蘭克斯的名字取得這麼隨便。」林修時感嘆道。

「是的，如果牠沒有回到我的靈魂裡，這會兒一定在狂罵我吧。」

「蘭克斯已經不在了嗎？」林修時和蘭克斯並不熟悉，但是他知道對哨兵和嚮導來說，精神體往往是最重要的同伴。「你寂寞嗎？」

霍珣搖搖頭。他握住林修時的手，放到自己的臉上。「牠不是消失了，而是在你的治療下，回到了我的靈魂中。牠本就是我，帶著我失去的記憶。牠只有回來，我才能徹底康復。」

脣瓣輕啄起林修時的手指，溫柔得令人沉醉。「我才能成為完整地、喜歡著林修時的霍珣。」

臉頰微微發燙，林修時扭頭繼續看幕布。影片上的少年隨後說了第二件不想遺忘的事。

『下週是期末考試，機械的課程我還有一處關於超導能源的知識點沒有掌握。希望術後我能記得複習。』

「原來你不是隨便學學就能考第一名的嗎？」林修時頗為意外。

或許是霍珣總算表現得太輕鬆了，牢牢地霸占著第一名的成績，彷彿那是他天生就擁有的，才會讓林修時產生他根本沒有刻苦努力的錯覺。

想不到，他竟然刻苦到手術前還在提醒自己，手術後要繼續用功！

「其實我經常熬夜讀書。」霍珣嘆息。「沒人和我說話的時候，我都在腦內算題目。」

「……」

林修時的認知被刷新了。

『對了，還要盡快把借的書看完，還回去。』影片中的少年霍珣顯然不知道自己說了多麼有損形象的話。

像是想起什麼，他認真的臉上竟然浮現出了一抹很淡的笑容。不是那種友善卻疏離的禮貌笑容，而是發自肺腑地感到愉悅的笑容。

林修時從未在那個年紀的霍珣臉上見過。

『最近借的幾本書讓我思路很清晰，能擴展補充最近正在學的幾個知識點。真希望他也能快點看到。如果能再和他交流一下心得就更好了。』

冷不防地聽到霍珣提及另一個人，林修時一愣。「你會對別人感興趣？」

「我只對你感興趣。」

「胡扯吧！你高中時正眼瞧過我嗎？」

霍珣沒說話，影片中的少年霍珣接替他做出了回答：『他是和我同班的一個嚮導，有著淡金色的頭髮，但是髮根卻是黑色的。他每天都一個人坐在窗口，驕傲地挺直腰板，明明一副拒絕他人靠近的樣子，卻積極地借了我所有看過的書。連我故意借的、極其晦澀難懂且無聊的書他都看了。他似乎覺得這麼做，成績就能超過我……他真可愛。真像隻怕生又嬌氣的小貓咪。希望在畢業前，我和他能成為朋友。希望手術後，我還能記得這件事。』

影片放到這兒就結束了。

而林修時受到的震撼，卻無法就此暫停。

同班、嚮導、淡金色頭髮、黑色髮根、想要成績超過霍珣……

霍珣話中關於「他」的每個標籤都不特別，他們高中的班上有很多人符合。可是若把標籤全部組合在一起，那麼答案只有一個——只有林修時符合以上所有的描述。

林修時學生時期很喜歡泡在圖書館裡。

其一是他沒有朋友，待在教室，感受著大家熱熱鬧鬧的氛圍，他只會覺得自己很丟人。

其二是他偶然發現身為大少爺的霍珣，身邊的書居然都是從圖書館借的，而不是買的！這代表他可以追著借書系統，把他借過的書都再借一遍，悄悄地學習他的思路，絕對不在任何知識點上落後於對方。

林修時不知道他自認為天才的方法早就被霍珣察覺。

最重要的是，他用「可愛」、「小貓咪」來形容林修時！他甚至想和他做朋友！

這些，林修時全都不知道！

林修時瞬間臉漲得通紅。「你、你從來都沒告訴我，你知道我借了你看過的書！」

「我也想說，但我忘了。我把留下來當證據的影片都忘了。要不是融合了蘭克斯，我可能至今也想不起來。」

「因為手術後遺症？」

「是的。」霍珣揪住林修時藏在髮絲裡的耳垂，輕柔地揉搓。「蘭克斯分走了我對你的記憶，也分走了我對你的好感，所以牠才能只靠一眼，就認出你是我的『小貓咪』。」霍珣在林修時的耳垂輕輕蓋下一個吻。「但幸好，我喜歡你，靠的不只是那份記憶，所以哪怕重來，我也能再一次愛上你。」

林修時找不到精準的形容詞來表達自己此刻的心情。

心中一堆情感翻滾著。

有激動，有高興，有驚訝，但更多的是讓心臟隱隱痠痛、讓眼眶微微發熱、目光悄悄模糊的悲傷。

他以為自己很瞭解霍珣，但實際上，他對他一無所知。

他不知道他並不天生優秀，他不知道他並不難靠近，他更不知道霍珣其實早就對他產生了興趣。

偏偏霍珣忘了他。

如果他沒有忘記的話，他們之間會不會有完全不同的未來展開呢？

林修時又想到了命懸一線時，腦中湧現出的幻想——兩人在學校的林蔭小道擁吻的畫面，濃烈的遺憾感隨呼吸蕩開。

深知錯過的時間是無法再被填補的，林修時只能慶幸地抱住霍珣。「幸好我們沒有繼續錯過。我真應該感謝撞了我的人。」

「嗯，我也很感謝他們，所以送他們去坐牢了。」霍珣微笑，從茶几上拿起一份判決書送到林修時面前。

判決書的蓋章時間是昨天，上面寫著三個人的名字。大致是說，他們是聯盟軍藏匿在帝國的成員，因為惡意襲擊少將霍珣，牽連帝國目前唯一的超S級嚮導，致其遭遇車禍，故判決他們終身監禁。

「你躺在治療艙裡的兩天，我和陸河調查清楚了你出車禍的前因後果。」霍珣拿起遙控器。「聯盟軍銷毀的監控錄影也一併修復了。」

投影機轉播出一段監控畫面，拍攝地點正是林修時發生車禍的地方。

果不其然，林修時盯著它看了五、六秒，鏡頭中就出現了身著訂製西裝，撐著傘的他。

他正在失神地緩步走著，然後在鏡頭下止步不前了。

從第三視角看自己，是一種很神奇的體驗。林修時以為自己當時是在一種極其冷靜的狀態下想起霍珣，可事實不然。

鏡頭中的他很用力地搖晃了幾下腦袋，透過監控並不清晰的像素，林修時發覺他的臉紅得可怕，和近在咫尺的手背呈現出兩種不同的膚色。

「怎麼突然滿臉通紅地站著不動？」霍珣貼著林修時仍燒得火辣辣的耳朵問：「我盤問過肇事者，他們都矢口否認有在路上設置陷阱讓你停下來。」

「……沒、沒有陷阱。」林修時又怕癢又怕羞地避開霍珣的唇瓣。「我停下來，是因為想到了你。」

「我？」

「我那時不是馬上要去帝國軍醫院工作嗎，我就在想，工作後是不是能恰好遇到你……我那時不知道，軍醫院挖我去，就是為了幫你看病。」

霍珣沉默了片刻，然後笑出了聲。

林修時捂住他的嘴，小聲地叫他別笑自己。

這時，飛速前行的精神體從監控畫面裡一閃而過，伴著鏡頭突兀的一顫，畫面轉為黑色。

「這是肇事者的精神體；是一隻老鷹。」霍珣解釋：「他們襲擊你之前，先破壞了攝影機，避免拍攝到自己的模樣。」

怪不得大家過了很久，才意識到林修時是失蹤而不是出了車禍。

因為出車禍的鏡頭沒有被記錄下來。

漆黑的畫面持續了約有兩分鐘，影片畫面上出現了幾道古怪的信號波，就像老舊的電視機殘喘著最後一口氣，記錄下了當時的景象。

「我們設法修復了攝影機的記憶設備，它記錄下了一點畫面。」

只是畫面殘缺得厲害，大部分的區域都是黑的。林修時透過小部分畫面，看到了倒在樹叢裡的自己，不，應該說是裹著他西裝的黑足貓。

黑足貓鑽出衣服，就像醉酒了一般，四肢踉蹌、搖搖晃晃地往外走。

「我自己……站起來？我怎麼不記得？」林修時詫異地睜大眼睛。

在他的印象裡，自己是在離家至少有兩小時路程的地方醒來的。

然後他被霍珣撿到。

之前他以為是肇事者將他「棄屍」到了那兒，而監控畫面告訴林修時，那居然是他變成貓後，徒步走出來的！

剪輯影片的人依照著小貓的行動軌跡，調動了一路的監控畫面，通過漫長的四倍速，林修時看到自己跋山涉水來到了撐著傘的霍珣面前，在他跟前倒了下去……

這……是製造假車禍嗎？

林修時難以置信地合不上嘴。

監控畫面裡，霍珣也很詫異。他的精神體蘭克斯直接跑了出來，吐著蛇芯子繞著黑足貓轉了好幾圈才消失。

隨著霍珣抱起黑足貓，監控畫面才結束。

「我是……自己跑來找你的？」林修時不敢相信自己看到的一切。

倒到了霍珣面前。

無論是看到自己變成貓，毫無意識地從衣服裡鑽出來的樣子，或是看到他變成貓後，居然跑了那麼遠的路，更或者是看到他居然能沒走一條彎路，成功

這些，全都超出了他的想像。

「老實說，看到監控畫面後我也很震驚。我以為是帝國軍醫院提前告訴你我的消息，你才會在出事後跑來找我。」

「當然沒有！」林修時聲音高八度地否認。「我根本不知道你回來了，也不知道你住在哪。我恢復意識後看到你，還在慶幸自己很會找屍體附身，恰好能被你撿到。」

「看來是你的靈魂在渴求我。」霍珣又笑了，笑得緊貼著林修時的胸腔都在隱隱顫動。「哪怕相隔萬里，你也要來見我。」

「這……太神奇了。」

林修時不知道，變成貓、失去意識的他，是怎麼感應到遠在天邊的霍珣的。

哨兵和嚮導的身上還有太多不為人類所知的祕密等待研究。

只有一點，林修時透過影片看明白了。

他的肉體、靈魂和精神，他的一切，在面對死亡來臨的那一刻，清楚地意

識到，他真實渴求的不是自救，而是……他想去到霍珣身邊。

如果霍珣沒有回到這個城市，他會不會想盡一切辦法，撐著微弱的一口氣，跨越星際去找他呢？

林修時不喜歡哭。他很少哭。可是這一刻，他忍不住咬住嘴唇，無聲地哭了起來。

豆大的眼淚一顆一顆地往下掉，濡溼霍珣放到他手上的判決書。

「怎麼哭了，林？」霍珣嚇了一跳，連忙捧住林修時的臉龐，大拇指輕柔地抹去糊滿臉頰的淚花。「是哪不舒服嗎？」

林修時搖搖頭。

他不知道該如何向霍珣訴說自己此刻的心情。也不想試著去訴說。言語實在是太單薄了，不足以承載心情的萬分之一，更不足以說清靈魂中包含的愛意究竟有多少。

此時此刻，林修時只是很想在霍珣懷裡大哭一場，為這份在心中翻騰的、複雜又純粹的情感。

面對在他耳邊不停追問「怎麼了」的霍珣，林修時乾脆變成了貓，將小小的腦袋埋進他的胸口，用尾巴蓋住兩者間的縫隙，遮擋住他哭花的臉龐。

尾聲

我會好好滿足你的。

身體的問題解決後，霍珣的假期也隨之結束。

縱然他很想和林修時泡在家裡、整日做愛，但是林修時根本不搭理他。不想因為做愛過度再躺進治療艙裡，林修時變成貓後就是不變回去。

而關在監獄裡的聯盟軍也有太多線索等待霍珣回去調查。

臨別的前一晚，霍珣主動提出希望林修時作為他的專屬嚮導，和他一起去軍隊。

「只幫你一個人疏導不會很無聊嗎？我學了那麼多年的醫，當然要做個厲害的醫生啊。」林修時懶洋洋地用貓爪敲打鍵盤，讓語音AI替他回答。

霍珣很清楚，他能夠占有貓妖林、讓他只屬於自己，但不能占有同為人類的林修時，讓他的人生只為他而轉動。

這是不公平的。

因此，默認林修時之後會去帝國軍醫院上班的霍珣只好提著行李，一臉憂傷地回軍隊覆命。

「笨蛋……我說要做醫生，你就不能順勢說讓我去你軍隊做軍醫嗎！」看著霍珣沮喪離開的背影，林修時恨鐵不成鋼地狂搖尾巴。「軍隊職位那麼多，又不是只有你專屬嚮導這一個選項！」

事實上，林修時早就通過帝國軍醫院，將自己的履歷轉交給了帝國軍，並且特別要求他們瞞著霍珣。

他想給霍珣一個驚喜。

作為帝國目前書面認證的唯一一個超S級嚮導，林修時的履歷，如今放在任何人眼前都會被搶破頭。他從遞交申請到獲得入隊許可和合作協定書，全程只花了一週的時間。

霍珣離開的當天，林修時正好收到帝國軍的offer。

送走霍珣，林修時哼著不成調的旋律，變回人的模樣，悠閒地走回臥室收拾起自己的行李。

三天後，林修時就拖著行李箱，站在了帝國軍隊基地的停機坪上。基地的方位是完全對外保密的，哪怕是要進軍隊駐紮的嚮導，在來的路上也必須搭乘專機，並全程佩戴眼罩。

來接林修時的，是一位氣質非常成熟的女性嚮導。在帶林修時前往宿舍的路上，她和林修時簡單介紹起基地內的情況，和他的後續工作安排。

由於林修時是第一個超S級嚮導，所以帝國對他的需求，無非就是每日穩定撰寫個人精神力使用報告，以及協助軍團尋找到更多被檢測機器誤判的超S級哨兵或嚮導。

嚮導解釋得很細緻，甚至和林修時細數起每天的餐廳哪些菜好吃，哪些菜絕對不要碰，難吃到他只要吃上一口，一天的好心情都會蕩然無存。

林修時漫不經心地點著頭，注意力早就轉移向了四周。

憑藉化貓後變得更加敏銳的感受，林修時能察覺到藏匿在暗處的視線。

準確地說，是他從躲在暗處的視線中捕捉到了一束再熟悉不過的目光。那目光炙熱而銳利，如同狩獵者一般，緊緊盯著自己的獵物不放。

明明就在附近，但就是躲著不出來……林修時不悅地抿起雙唇。

霍珣不是不想去擁抱林修時，只是環境和身分發生改變後，他無法再像對待「無家可歸的貓妖林」那樣肆意妄為。

由於林修時特別要求保密，因此直到他抵達基地，帝國軍隊的大家才知道，今天會來一個ＳＳＳ級嚮導，還是治療了霍少將，讓他的等級從Ｓ級，在短短幾天內提升到ＳＳＳ級的神奇嚮導。

這個消息一經傳開，瞬間引起了軍隊裡所有哨兵的注意。

「這世界上真的存在能治療老大的嚮導嗎？」

「被那個嚮導治療過後，真的會提高等級嗎？」

「那個嚮導有對象嗎？」

……

趕來找林修時的路上，霍珣聽到了好些關於他的討論。

沒有人會喜歡自己的伴侶被人覬覦。

天知道他有多想霸占下林修時身邊的位置，向所有人的人宣告，那是他的嚮導，誰都不能覬覦。

他也知道自己不能那麼做。

林修時的夢想是成為醫生，而不是他霍珣的專屬嚮導。戀人如此優秀，他應該感到驕傲，而不是阻撓他。

況且林修時瞞著他來帝國軍工作，也許就是不希望暴露兩人的關係，不希望被自己限制自由？

霍珣聽說有些戀人的相處模式就是公私分明，絕對不對外公開戀情。

想到這，縱然心底有再多不滿和嫉妒在翻滾，霍珣還是選擇釋放了威壓，警告企圖去偷看林修時的哨兵，現在不是自由活動時間，然後帶著他們離開。

感受到空氣中微弱而熟悉的威壓散去，林修時不爽地鼓起了臉頰。

他都主動追過來了，接下來不應該由霍珣表達高興和愛意嗎？這怎麼和他預期的不一樣！

「難道……霍珣因為我沒有事先告訴他我會來基地而生氣了？」林修時小聲嘀咕，期待的心情變得不爽起來。

計畫的驚喜沒有得逞，兩個人莫名其妙地開始了冷戰。

之後的日子，林修時故意不去打聽霍珣。

搬進基地宿舍後的林修時開始了和過去一樣的單身生活——白天工作，接待來找他問診的哨兵，晚上窩在單人宿舍裡鑽研養生食材，查看最近嚮導圈的科研論文。

如果一定要說有什麼不同的話，可能就是白天來找林修時的哨兵比他過去接待過的要更熱情。

畢竟以前在私立醫院工作時，來找林修時看病的哨兵，有九十%都是衝著林修時的臉，只有十%的人看好他的技術。

而今，九十%的哨兵都是衝著他的技術來的，然後驚嘆於這位超S級嚮導的顏值也很優秀，開始明裡暗裡打探林修時有沒有對象。

終於，林修時在基地工作的第三天，霍珣再也憋不住了。

他黑著臉，將正準備下班的林修時堵回治療室，反手鎖上房門。「你都來基地了，就沒有什麼想和我說的嗎？嗯？」

「想說的？哦！」林修時單手握拳敲向另一手手掌，在霍珣期待的目光下說道：「好巧哦！你也在這兒工作嗎？」

霍珣才剛要轉明媚的臉又陰沉了下去。「你知道我想聽的不是這個。」

「我不知道啊。我又不是你肚子裡的蛔蟲。誰知道你在生什麼氣！」林修時坐回到椅子上，蹺起二郎腿。

霍珣很清楚林修時固執到天邊的脾氣。

和故作無知的林修時對視了半分鐘後，霍珣繳械投降。「我錯了，林。我不該看到你受關注就生悶氣……我想要克制的，但我高估了自己的忍耐力。」

他在林修時面前單膝蹲下，抱住他的腰，將臉埋進他的腿間。「我好想你，我們分開了那麼多天，就不要把時間再浪費在冷戰上了，好嗎？你就不想我嗎？」

「暫時不想。」林修時賭氣地說。

只是剛說完，感受到身下的人散發出了沮喪的氣息，他又馬上改口：「要是你能說出自己和別人有什麼不同，我倒可以考慮考慮。」

「我是這世界上最喜歡你的人。曾經喜歡過你。現今也喜歡著你。」霍珣開口就丟出了一顆直球。

林修時昂首，抿起嘴挑挑眉，迅速按捺住因被告白而產生的喜悅。「每個想追求我的人都說最喜歡我。我可不是海王，能親吻每個喜歡我的人。」

「我是帝國目前唯一一個超S級的哨兵。」霍珣緊接著說。

「糾正，你是帝國目前唯一確定的超S級哨兵。以後一定還會有很多。」林修時豎起手指，戳戳霍珣的髮旋。

「我的軍銜和收入都很高，能夠保證伴侶所有生活所需。」

「天啊！你是覺得我不會賺錢嗎？」林修時開始陰陽怪氣。「比起你們哨兵賺了錢還要再花錢去看病，怎麼看都是我們嚮導賺到的錢更實在。」

「……」

一瞬間，霍珣竟覺得林修時說得很有道理。他們哨兵的確是天生的燒錢機器，賺得多但消耗得也多。

見霍珣被戳中痛處，林修時得意地繼續說：「雖然你長得不錯，但我也不差；你的身材是很好，不過在軍隊裡，我看每個來找我的哨兵都有八塊腹肌……」

「你都看過誰的腹肌了！」威壓驟然溢出，霍珣撐起身體，氣勢洶洶地壓住林修時。「軍隊的人我都認識，不如你把名字說出來，我和他們現場比比，究竟誰的身材更好？」

他說著，單手解開制服外套和領帶，露出結實的胸肌。

被對方灼熱的體溫籠罩著，林修時只覺鼻子有些發痛，手差點沒克制住，就要摸上去。

他怎麼忘了，霍珣只是表面上看上去冷漠，實際性格騷得不行！

見林修時強撐著不說話，霍珣主動牽起他蠢蠢欲動的手放到腹部。掌心隔著襯衣，感受到布料下微微隆起的肌肉，兩人曾經肌膚相貼的記憶隨之變得清晰了起來。

林修時目光閃躲到牆角。

注意到從碎髮後透出的紅暈，霍珣勾起了脣角。他握著林修時的手，沿著腹肌的線條，移到褲襠。「這裡也可以比一下。無論是尺寸或數量，我都有自信不會輸給其他人。」

「數、數量？」林修時驚了。

肉棒還有複數嗎？

「你忘了在精神領域看到的嗎？」霍珣對著紅透的耳朵吹起風。「知道嗎？蛇有兩根性器，和你分別的這幾天，我已經能熟練操控融合精神力的方法了。」

操……操操操操操操操操操操操操！

林修時瞪圓眼睛，不敢相信自己聽到的。「真、真的？」

「要親眼看看嗎？」

林修時嚥了口唾沫。

他知道這很瘋狂，但他真的對霍珣融合精神體後性器的形態很好奇……超級好奇！

哪怕他也知道，自己事後一定會後悔……超級後悔！

他僅存的理智讓他按住霍珣那要拉開拉鍊的手。「別、別在這裡……」

「你知道的，哨兵是很敏感的生物，所以治療室都是做了隔音處理的。」霍珣勾起手指，撓撓林修時的手心。「我鎖了門，誰都進不來，也聽不見。就像我們之前在軍醫院那樣。」

如羽毛掃過的搔癢感讓林修時險些驚呼出聲，心跳和呼吸也隨之變亂。

「那也不要在這裡！」

聲音不會被聽到，但情慾的氣味會被留下來！哪怕是嗅覺並不靈敏的普通人也能通過淫靡的氣味，頓悟有人在屋子裡做過什麼！

林修時可不想在自己的新辦公室，重現他在帝國軍醫院的遭遇！讓這裡成為他今後第二個羞恥於見人的地方！

「我們去房間做……」林修時面紅耳赤地說。

「無論是去你的房間，還是我的房間，我們若現在出去，路上一定會被別人看到的。」

霍珣的潛臺詞無非是：不管他們一起進了誰的房間，都等於告訴看到的人，他們之間有著特別的關係。

「那就讓別人看到啊！」林修時捶了下霍珣的肩膀。他不理解霍珣在這強調什麼。「我們不是戀人嗎？又不是、不是炮友……去彼此房間做愛很見不得人嗎？難道基地裡不允許談戀愛？」

「基地裡沒有禁止戀愛的條例。只是我害怕擁有你後，就忍不住想要占有更多。」

「那你就占有啊。」

「……」林修時的話說得太理所當然，霍珣不禁愣住了。

他這傻眼的模樣，反而讓林修時迷茫了。「你這幾天不來找我，難道不是氣我來基地不告訴你？」

「當然不是。我怎麼會為這種事生氣。」霍珣皺眉。「我只是在氣我自己。看到你過來後，就想要得寸進尺地擁有更多。我不能那麼做。所以我在忍耐。」

「哇……我居然從你的嘴裡聽到『忍耐』。這真是太令我驚訝了。」林修時捧住霍珣的臉，迫使他和自己對視，讓他能夠看清自己眼中的坦蕩。「你有勇氣說葷話，為什麼就沒有勇氣占有我呢？我喜歡你，我也想要靠近你、占有你，所以一次又一次地追逐你。你喜歡我，你也可以對我做你想做的事啊！」

「就算我想讓基地裡的所有人都知道，你是我的戀人？」

「這不是本來就應該說的嗎？」

「就算我希望你做我的專屬嚮導？」

「這個不行哦！我是醫生，這輩子都會是個醫生。」林修時忍不住笑了起來。「但是，只要你需要我，無論你在任何地方、在任何時候，我都會第一時間奔赴向你。你是我心中永遠排在第一位的病人。」

「……」

「怎麼不說話？又生氣了？」

「不……我只是在想，那麼簡單的事，只要說明白就可以了……為什麼我要自我糾結，浪費那麼多時間。」

「是啊！你年紀大了腦子不好用了，以後還是用肉棒思考吧。」

「好！」霍珣也忍不住笑了起來。他本就不是喜歡壓抑自我的人。於是他牽起林修時，拉著他站起來。「現在就去你的房間吧。我會好好滿足你的。把這幾天的空缺都補上！」

「究竟是誰滿足誰啊……」林修時紅著臉小聲嘀咕。

以這樣的姿勢走出去，沿路他們會被誰撞見？他們的關係會在短短一夜之後被傳播成什麼樣？之後他又該如何公開他和霍珣的關係？

林修時全都無法顧及了。

忍耐三天不理會霍珣，也已經是他的極限。

如果霍珣今天不來找他，他一定會去找他，把他推倒到床上。

所以，沒有比現在更好的結果了。

視線掠過一會兒就會擁抱他的懷抱、對他述說更多愛意的脣瓣，還有會填滿他的下身，林修時不自覺地跟隨霍珣，加快了步伐。

THE END

後記

唷！初次見面，或是再次見面，請多多指教，這裡是翼！

這次嘗試了哨兵和嚮導的故事，不知道你看完後感覺如何呢？

哨嚮的故事一般都是設計在科技比較發達的星際，但是我只想寫甜甜甜的愛情，所以省略了很多背景方面的設定。

然後為了想要寫可愛的小貓貓，又在原有的哨嚮設定上做了一些調整，希望不會讓你在閱讀過程中感覺太違和。

老實說，最初幫霍珣設定精神體是蛇，其實是很想寫些雙肉棒 play 啦，或者是他和精神體蘭克斯一起貼貼林修時的劇情，但寫著寫著，就頗為擔心大家會不會不吃這種超出一丟丟尺度的設定，所以最後也還是以超純愛的方式結束啦！

如果有想看的朋友，可以去Facebook搜我的筆名「吾名翼」，來我的粉絲專頁告訴我！說不定我可以悄咪咪地寫個福利番外什麼的……咳咳！

最後，萬分感謝給予我無數幫助的編輯、朋友，以及看完這本書的各位！

希望我們能在下一本書再見！

以上。

翼・趕稿模式ＯＦＦ

二〇二二・五・十五

藍月小說系列
誰叫你是我的貓

作　　者／吾名翼
繪　　者／ツバサ
執 行 長／陳君平
榮譽發行人／黃鎮隆

出　　版／城邦文化事業股份有限公司 尖端出版
台北市中山區民生東路 2 段 141 號 10 樓
電話：(02) 2500-7600
傳真：(02) 2500-2683
E-mail：7novels@mail2.spp.com.tw
發　　行／英屬蓋曼群島商家庭傳媒股份有限公司城邦分公司　尖端出版
台北市中山區民生東路 2 段 141 號 10 樓
電話：(02) 2500-7600 （代表號）
傳真：(02) 2500-1979
中彰投以北經銷／楨彥有限公司（含宜花東）
電話：(02) 8919-3369　傳真：(02) 8914-5524
雲嘉以南／智豐圖書有限公司
（嘉義公司）電話：(05) 233-3852　傳真：(05) 233-3863
（高雄公司）電話：(07) 373-0079　傳真：(07) 373-0087
一代匯集／香港九龍旺角塘尾道 64 號龍駒企業大廈 10 樓 B&D 室
電話：(852) 2783-8102　傳真：(852) 2582-1529
E-mail：hkcite@biznetvigator.com
新馬經銷／城邦（馬新）出版集團 Cite (M) Sdn. Bhd.
E-mail：cite@cite.com.my
法律顧問／王子文律師　元禾法律事務所
台北市羅斯福路 3 段 317 號 15 樓

2023 年 2 月 1 版 1 刷

郵購注意事項：
1.填妥劃撥單資料：帳號：50003021戶名：英屬蓋曼群島商家庭傳媒(股)公司城邦分公司。2.通信欄內註明訂購書名與冊數。3.劃撥金額低於500元，請加附掛號郵資50元。如劃撥日起 10～14日，仍未收到書時，請洽劃撥組。劃撥專線TEL：(03)312-4212 ・ FAX：(03)322-4621。E-mail：marketing@spp.com.tw

國家圖書館出版品預行編目資料

誰叫你是我的貓 / 吾名翼作 . -- 1 版 . -- 臺北市 :
城邦文化事業股份有限公司尖端出版 : 英屬蓋曼
群島商家庭傳媒股份有限公司城邦分公司尖端出
版發行 , 2023.02
面 ;　公分
ISBN 978-626-338-993-9 (平裝)

857.7　　111018987